KB201155

개인적인 택시

이모세
글·그림

밝은세상

CONTENTS

함께 음악을 듣습니다. 개인적인택시.

I Don't Want To Miss A Thing

Aerosmith

1998

TAXI

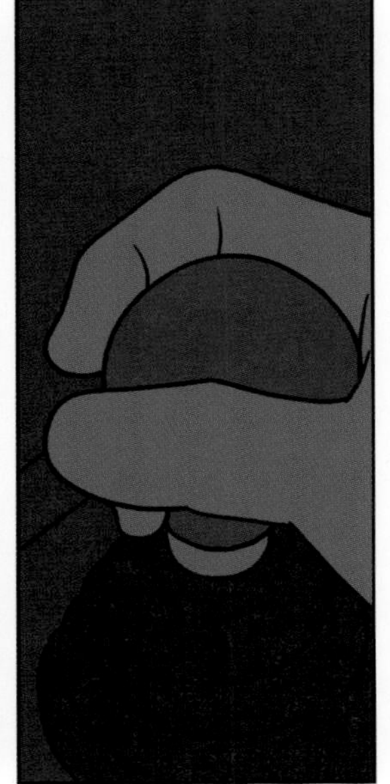

부웅-
TAXI
53서 0253

이 택시엔
두 가지 규칙이 있습니다.
부웅

1.
어쩌다 가끔
새로운 손님을
태우기도 하지만,

원칙적으론 예약한
단골손님들만 태웁니다.

2.
목적지까지 가는 동안
손님이 듣고 싶은
음악을 함께 듣습니다.
VOLUME
PULL BALANCE
RELEASE·EJECT
BASS
FM
AM

예약이 없을 때는
어떻게 하냐고요?
53서 0253

1.
어딘가에서
예약을 기다립니다.

TAXI

2.
커피를 마시며
예약을 기다립니다.

* 〈밤을 새는 사람들〉, 에드워드 호퍼, 1942

3.
훈수를 두면서
예약을 기다립니다.

도망가야 할 타이밍에
마침 예약전화가 왔네요.

고마운 예약전화는
대훈 씨였습니다.

벌써 계약기간이
끝난 모양입니다.
뻥이야
8뚜기
푸
라면
대훈 씨는 단골
'이사 손님'
이거든요.

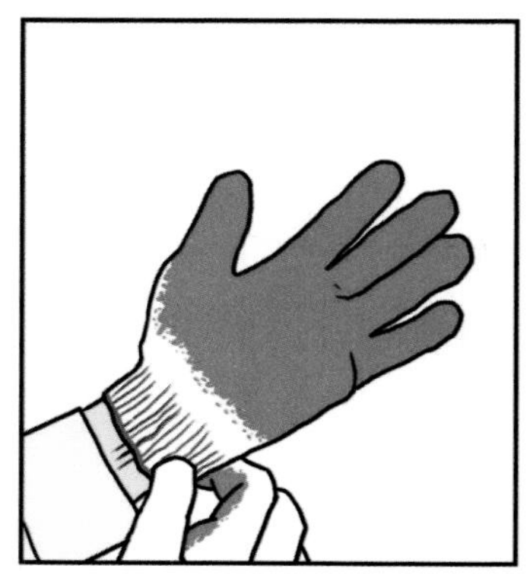

올해도 어김없이 이사하시네요~
올해도 어김없이 월세가 올랐거든요.

이상하게 제가 이사 가는 동네마다 꼭 *젠트리피케이션이 일어나더라고요;;

* 젠트리피케이션
낙후됐던 구도심이 번성해 중산층 이상의 사람들이 몰리면서 임대료가 오르고 원주민이 내몰리는 현상
(출처: 네이버 상식사전)

짐 싸다 보니
언제 쌌는지 기억도
안 나는 박스들이
풀지도 않은 채로
있더라고요.
집 마다 그런
짐들이 꼭 있죠.

뜯어 보니 거의
쓸모없는 것들이라
다 버렸습니다.

그런데
그중에서…

대훈스 컬렉션 Vol. 3
maxell UD
C46
이런 걸
발견했습니다!!

근데
망했어요…
엥?
왜 망해요?
요즘 카세트
– 테이프를
어디서 들어요.
아… 무슨 음악
들어있는지
궁금해 죽겠는데
어떻게 듣지??
현기증 난단 말이에요
후후후…
우리 대훈 씨,
모르셨구나.
이 차에 준비된…
빈티지 파X오니아
라디오 / 카세트
오디오 시스템!!!
RELEASE·EJECT
PIONEEER
AUTO-EJECT
AUTO-REPLAY
FM 88 92 96 100 104 108
AM 54 6 7 8 10 12 14 16
STEREO TAPE
MONO
LOUD
MUTE
AM
FM
!?!

자 그럼,
저와 함께
판도라의 상자를
열어보시겠어요,
대훈 씨?

철컥

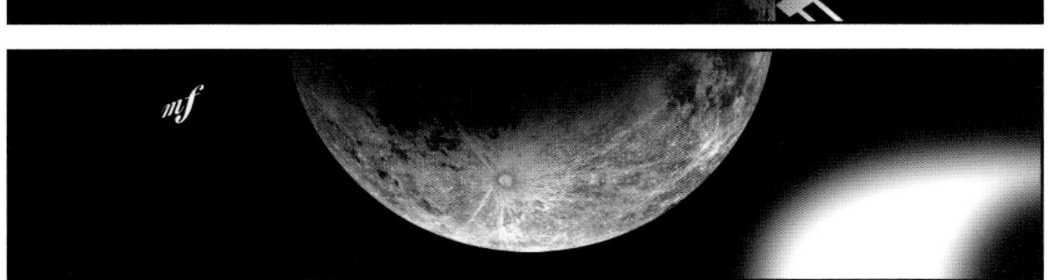

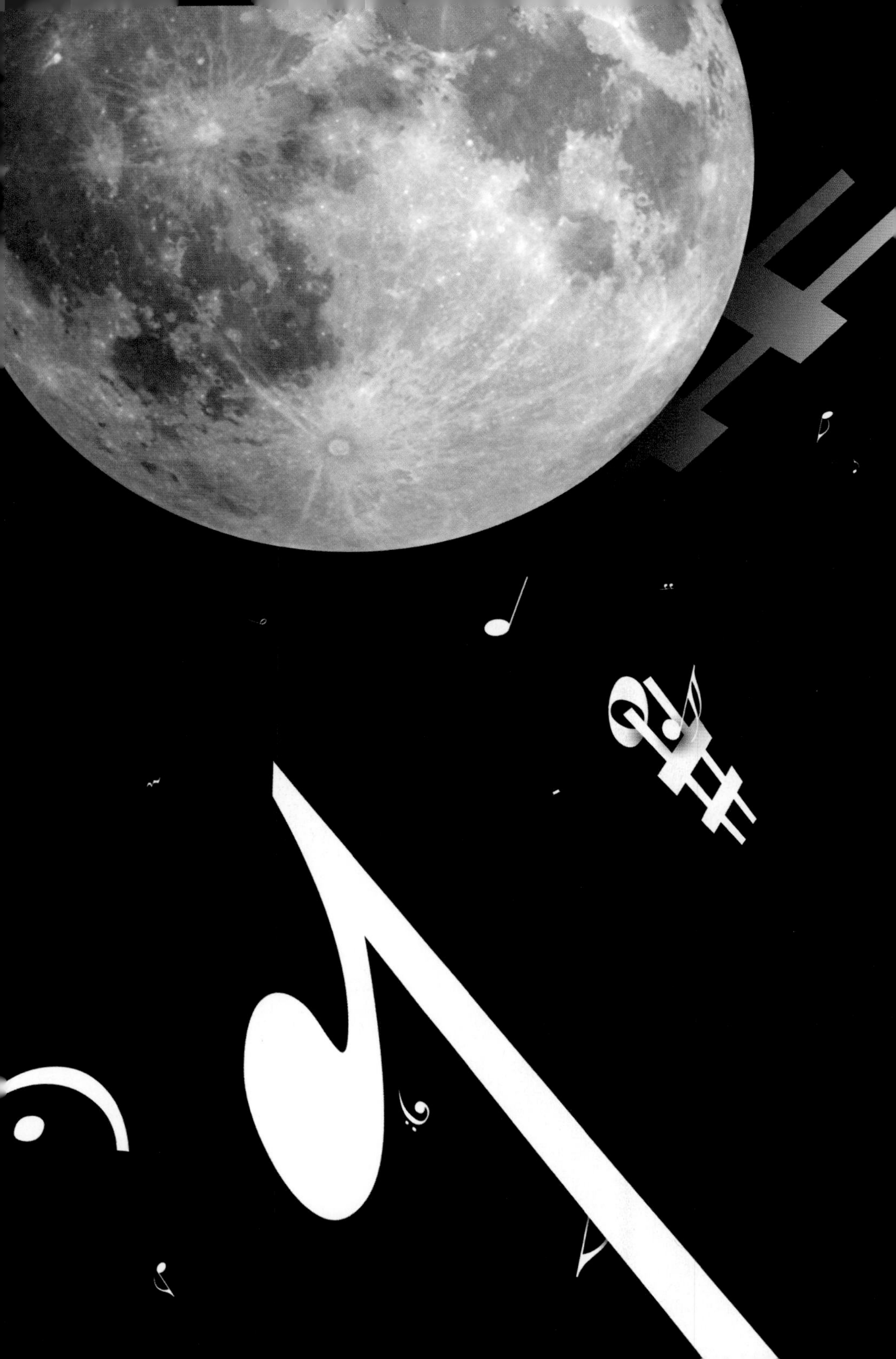

I could
stay awake
just to hear you
breathing
TAXI

에어로스미스!!!

아 – 좋다 –
이 음악
진짜 좋아했는데.

영화 OST였죠??
〈아마겟돈〉.
맞아요!!

이 영화 보고 나서
여자주인공 리브 타일러
완전 팬이었거든요.

뉘집
자식인지
참…
뉘집 자식이긴요,
이 노래 부르는
사람 딸이잖아요.

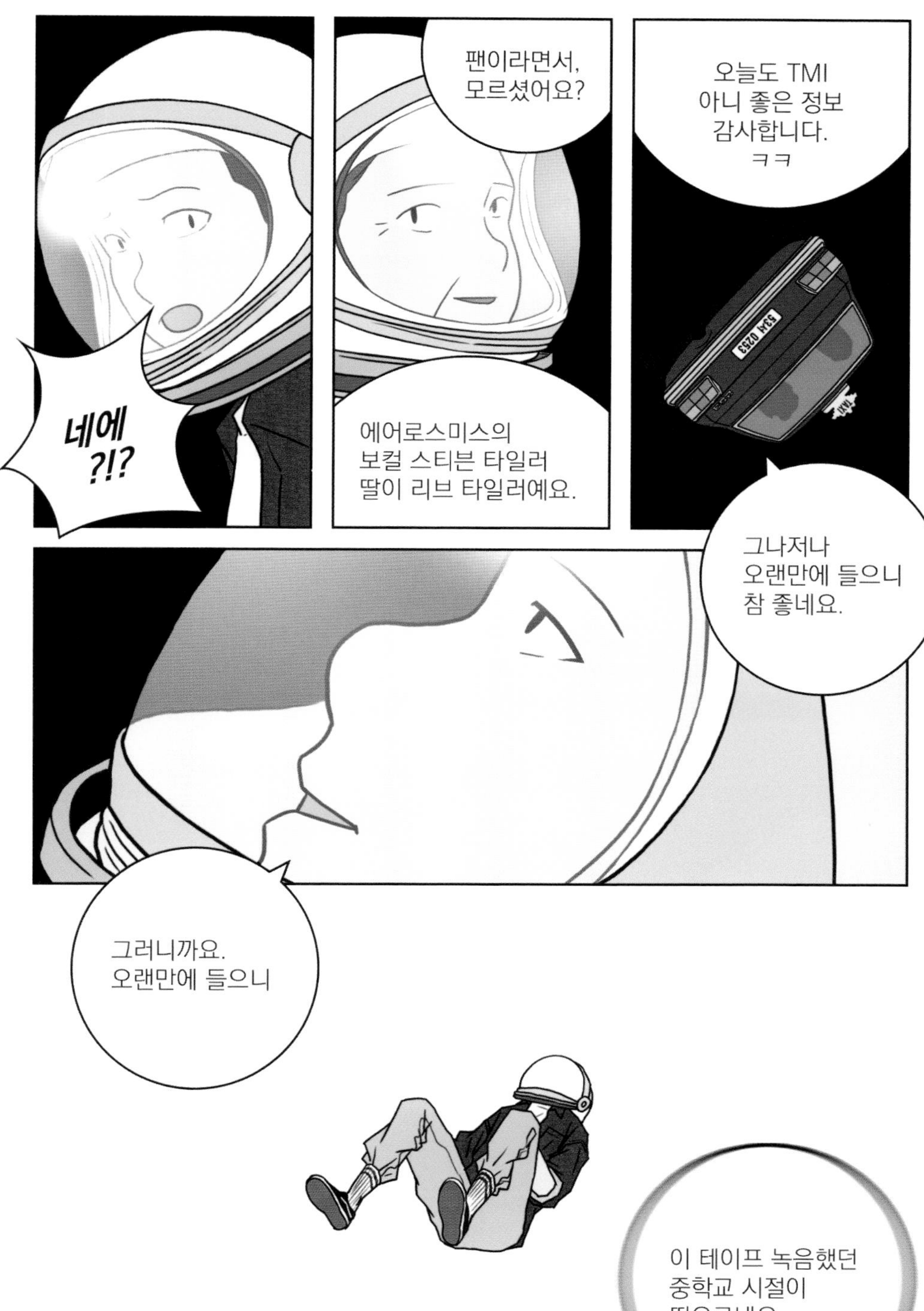
네에
?!?
팬이라면서,
모르셨어요?
에어로스미스의
보컬 스티븐 타일러
딸이 리브 타일러예요.
오늘도 TMI
아니 좋은 정보
감사합니다.
ㅋㅋ
그나저나
오랜만에 들으니
참 좋네요.
그러니까요.
오랜만에 들으니
이 테이프 녹음했던
중학교 시절이
떠오르네요.

저 중학교 때는
백선생 영어교실
테이프로 영어공부
하는 게 유행
이었어요.
백선생영어교실
원래
그런 테이프는
재생만 가능하고
녹음은 안 되는데
테이프 위쪽
멍을 휴지나
이프로 막으면
음이 되거든요.
생영어교실
그래서 저는
음악을 녹음 할 수
있는 테이프 부자가
되었습니다. ㅋㅋ

1부 마지막곡
듣겠습니다.
Aerosmith -
I Don't Want To
Miss A Thing
철컥
라디오 듣다가
좋아하는 음악
나오면 잽싸게
녹음을 했었어요.
I don't
want to
fall asleep
이동전화
가입할 땐
꼭 물어보세요.
아저씨,
지하철에서도
되나~요?
스피드022

기다리던 음악만 녹음하면 왜 꼭 중간에 음악 끊고 광고가 나오냐고요…
TAXI
ㅋㅋㅋ 희한하게 꼭 그렇죠?
젝스 키X - 3집
음악사
그렇게 백선생 영어교실 테이프에 한 곡, 한 곡 모아 제법 양이 쌓이면 다음 단계로 넘어갑니다.
공테이프 하나 주세요!

녹음한 곡들 중
베스트 곡들과
순서를 고심고심
정해서…
공테이프에 다시
녹음을 합니다.
TAPE 2 REC PLAY AUTO STOP Double
TAPE 1 PLAY AUTO STOP 4 2-way speaker
그렇게해서 저만의
컴필레이션 음반을
만들었어요.

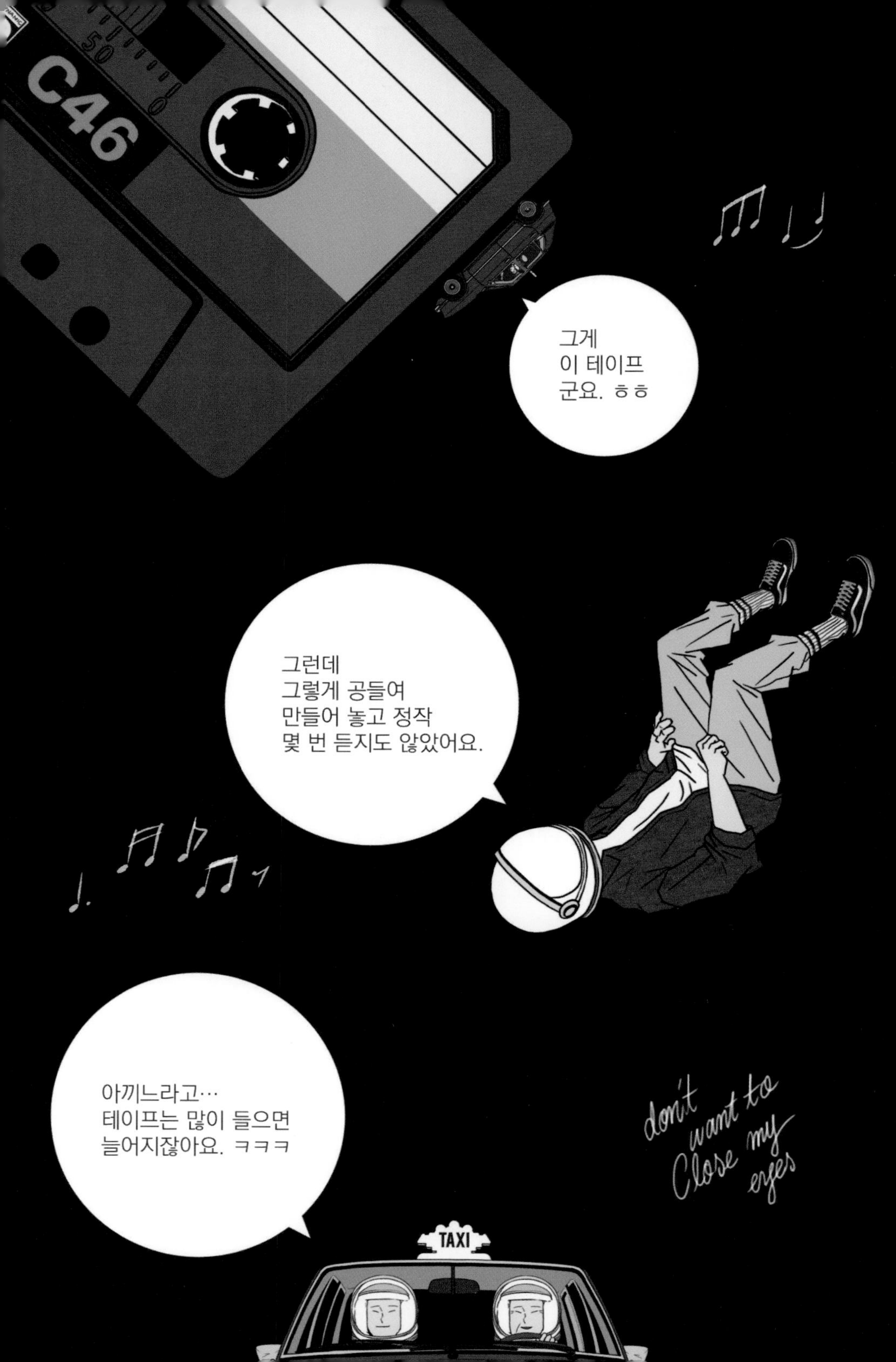
C46
그게 이 테이프 군요. ㅎㅎ
그런데 그렇게 공들여 만들어 놓고 정작 몇 번 듣지도 않았어요.
아끼느라고… 테이프는 많이 들으면 늘어지잖아요. ㅋㅋㅋ
don't want to Close my eyes
TAXI

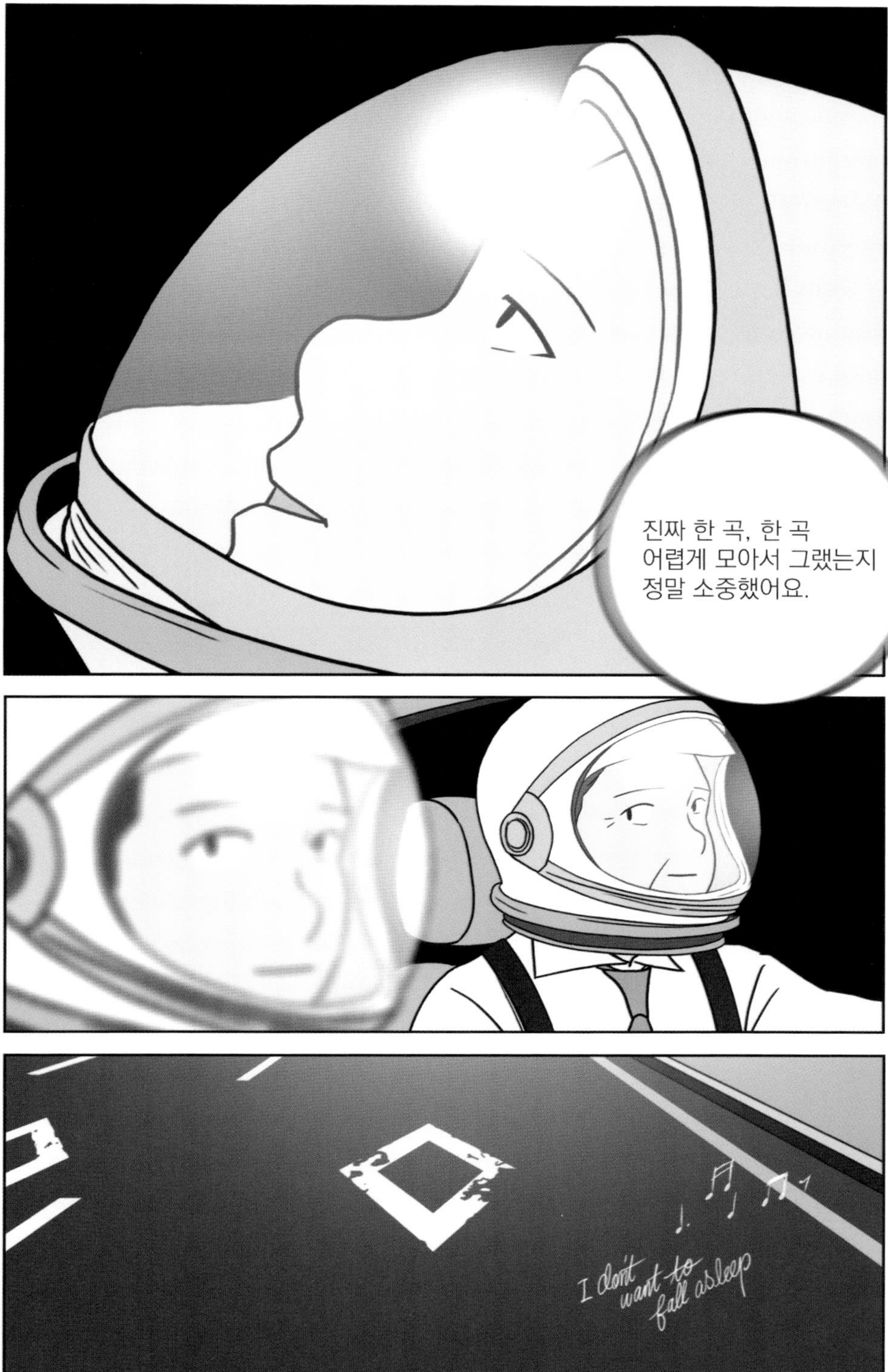

진짜 한 곡, 한 곡
어렵게 모아서 그랬는지
정말 소중했어요.

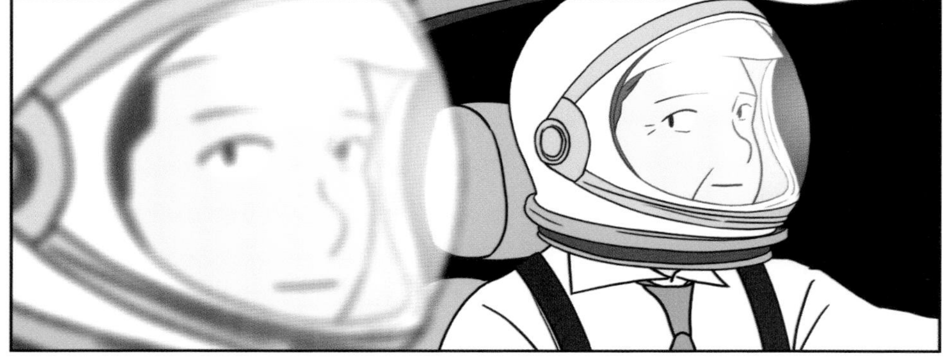

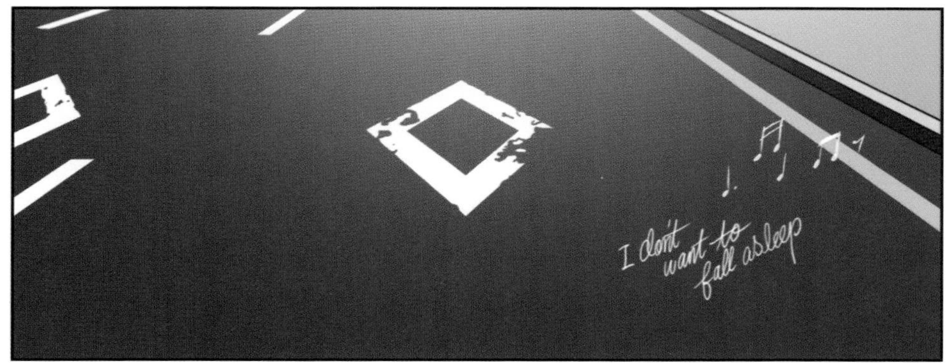

그럼 요즘엔
어떤 곡이에요??

네??

소중히 여기는
곡이나 음반.

뭐… 요즘은
그런 거 없죠…

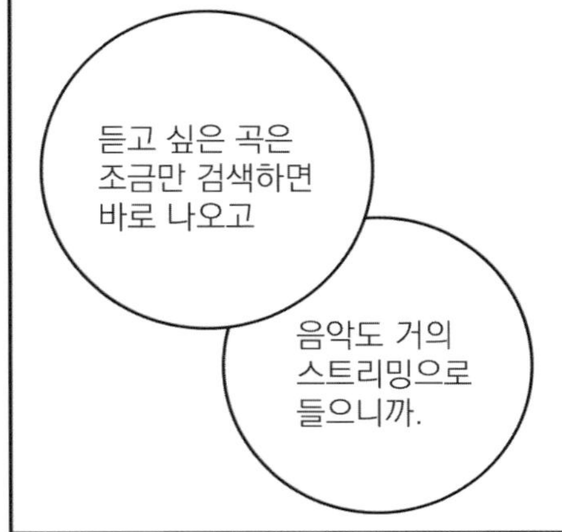
듣고 싶은 곡은
조금만 검색하면
바로 나오고
음악도 거의
스트리밍으로
들으니까.

마지막으로 산
음반이 뭐였는지도
잘 모르겠네요.

요즘엔
꼭 음악만 그런 건
아닌 것 같아요.
무언가 그렇게
소중히 여기는 것이
없다고 해야 하나…
정치과
CAFE 253
갖고 싶은 것도
쉽게 사고,
맘에 안 들면
바로 팔아버리고
금세 또 새로운 것에
관심 갖고

왜
쉽게 얻은 것은
쉽게 아무것도 아닌 것이
될까요

그럼…

다시 어렵게
얻어보는 건
어떨까요?

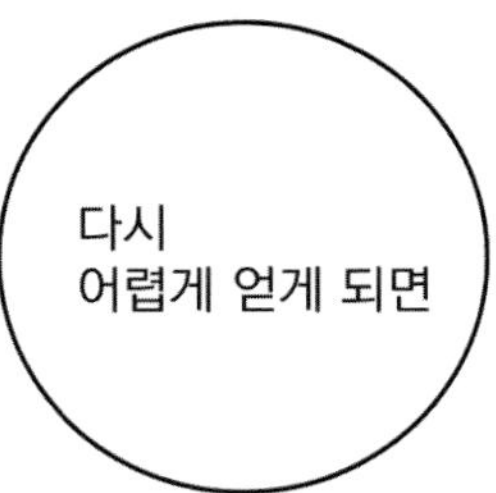
다시
어렵게 얻게 되면

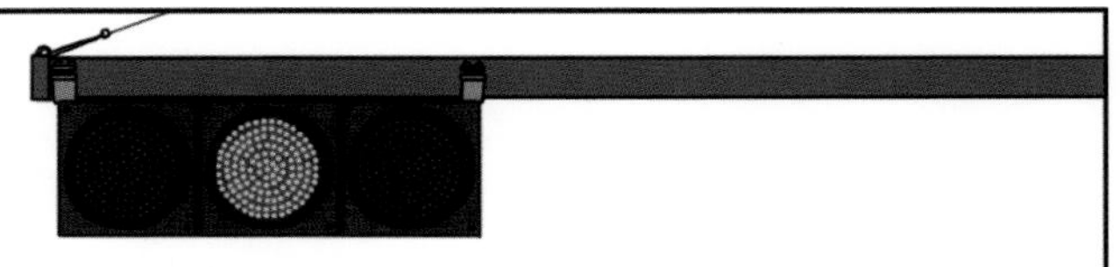

다시
소중해 질지도
모르잖아요.

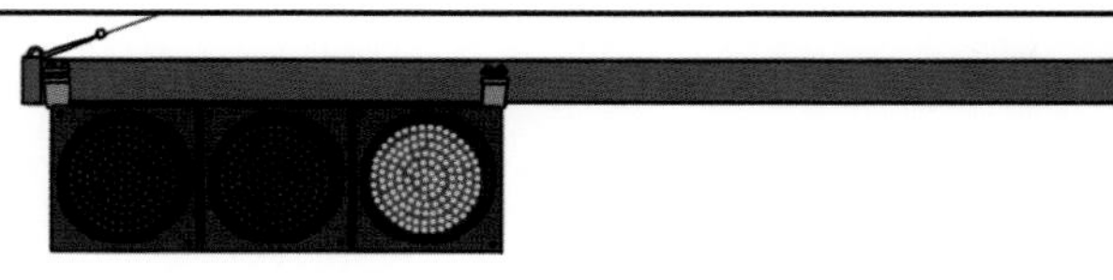

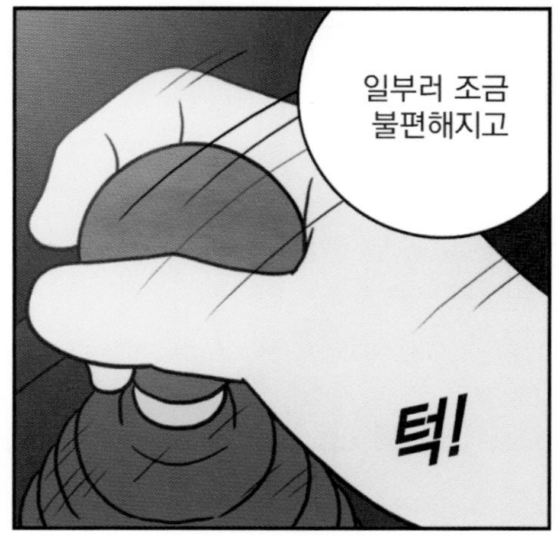
일부러 조금
불편해지고
턱!

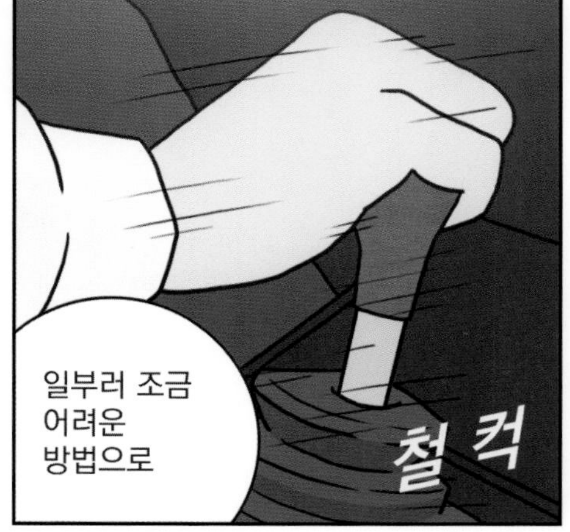
일부러 조금
어려운
방법으로
철컥

일부러 조금
뒤처져 보세요.

저처럼요.

And I
don't wanna
miss a
thing

1996

가끔…

하루 종일
예약전화가
없는 날이 있습니다.

그런 날은,
선물 받은
기분으로
하루를 보냅니다.

따르릉~
따르릉~

기사님,
41분 36초
동안 타고 싶은데
가능할까요?

덜컹

안녕하세요.

…

그럼
출발할까요?
41분 36초
동안

끝나지 않는
이야기가
있는데

윤종신

오늘은
그 이야기가
끝날 수 있을지
모르겠네요.

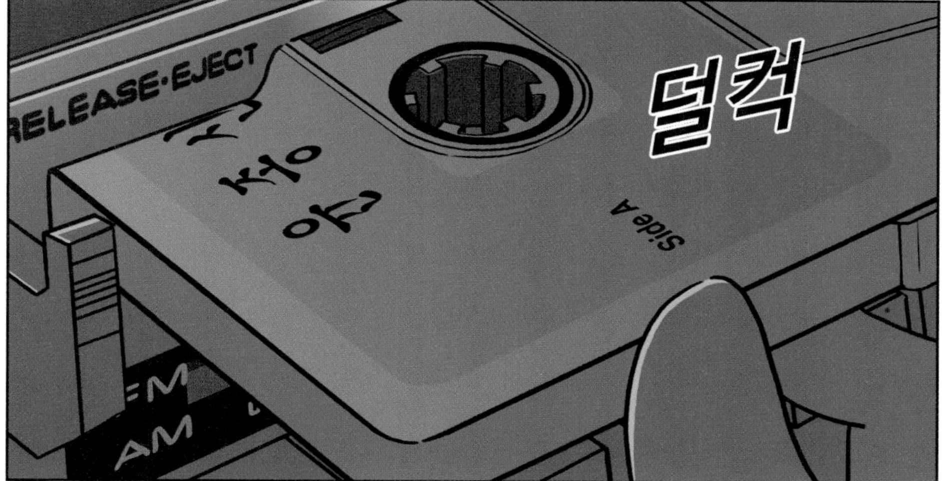
RELEASE·EJECT
덜컥
Side A
FM
AM

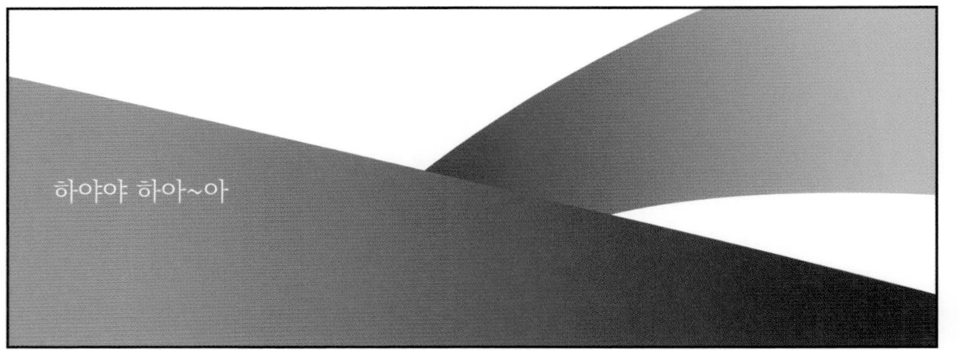

다시 태어난 것 같아요

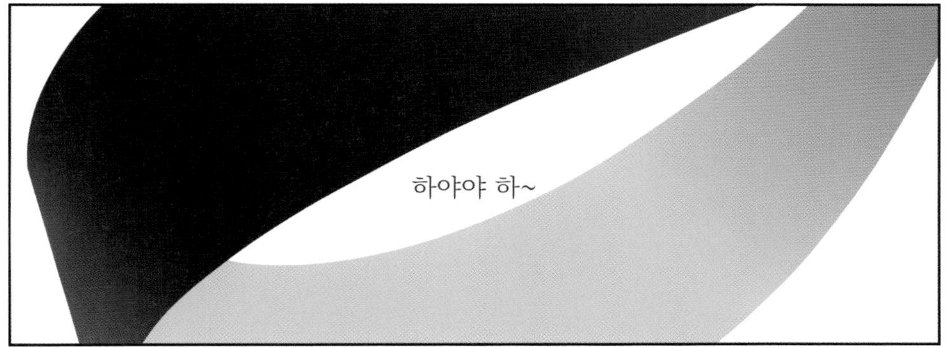

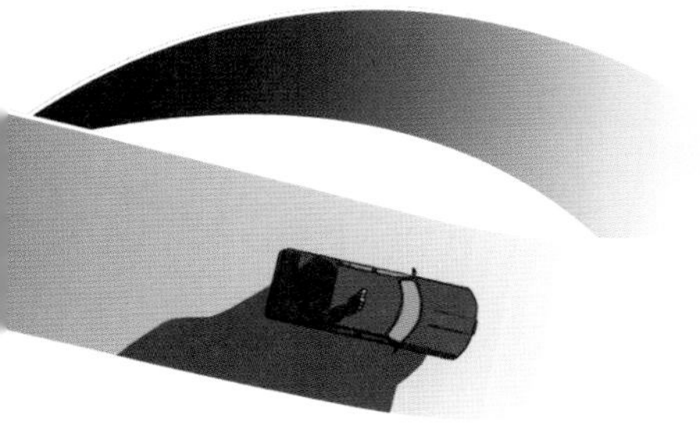

내 모든 게 다 달라졌어요

안되는 거 알면서
오늘 또…
술기운에 그만

그녀의 전화번호를
누르고 말았습니다.

여전히
그대로인
컬러링
역시나
그녀는 전화를
받지 않았고

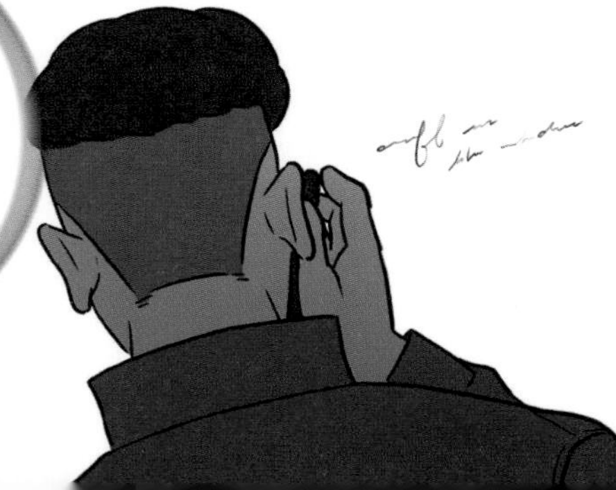
뮤지션의
이름도 외기 힘든
그 노래만 반복해서
흘러나왔습니다.

조별과제
오늘 오지 않은 조원들에게는 조장이 대신 전달하세요.
아 뭐야~ 짜증 나게 우리 조 아무도 안 나왔네.
궁시렁 궁시렁
뭔 노래여…
교수님 뭐야. 조를 이렇게 짜줘.

여보세요.
안녕하세요, 저는 커뮤니케이션의 이해 조별 과제 조장인데요.
안녕하세요, 제가 좀 늦었네요~
교수님, 감사합니다

먼저 갈게요.
다음 시간에
봬요.
넵!!
그녀는 늘
음악을 듣고
있었어요.
SNS 보니까
음악 페스티벌
같은 데도 엄청
다니더라고요.
음악이라고는
TOP 100밖에
모르던 제가
그녀에게 말 한번
걸어보려고,
음악을 공부해가며
엄청 들었습니다.

나님이 균균님, 스페이스진님과 헤이주드님을 초대했습니다.

3 안녕하세요, [커뮤니케이션의 이해] 조별 과제 조장입니다.
저희 이번 레포트 때문에 한번 모여야 하지 않을까요^^?

안녕하세요, [커뮤니케이션의 이해] 조별 과제 조장입니다.
2 저희 이번 레포트 때문에 한번 모여야 하지 않을까요^^?

균균

저는 평일엔 알바하고

주말엔 데이트라서 힘들 것 같네요

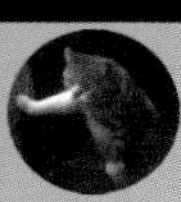

균균

저는 평일엔 알바하고

주말엔 데이트라서 힘들 것 같네요

스페이스진

저는 학점포기 합니다 ㅅㄱ

스페이스진님이 퇴장했습니다.

쾅!
까똑!
또 뭐야…

스페이스진님이 퇴장했습니다.

헤이주드

저는 시간 괜찮을 것 같아요~

야…
취했냐??
잘했다!!
나놈!!!

전화위복
이었습니다!!!
단둘이 만날
찬스가 똵!!!

오빠,
혹시… 결혼식
다녀오셨어요??

그냥 멋(이라고) 부리신 분

아;;;
어…
친구가
재혼을…

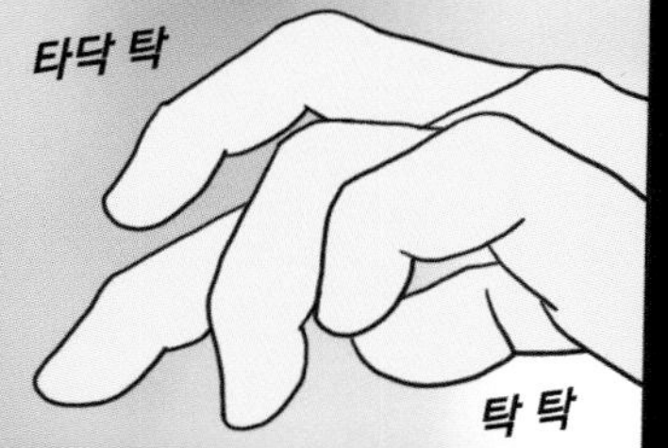

지금이
기회닷!!!
참, 킹스 오브
컨비니언스
좋아하시나 봐요.
어머! 음악
좋아하시는구나
이번에
서째빼 오던데
가시나요?
아…
물…물론이죠!!
서째빼가 뭐지
먹는 건가…
저는 친구들이랑
가기로 했는데,
오빠는 누구랑
가세요?
아… 저도 친구랑
가기로 했어요;;;

혹시 만나면
술 한잔해요~
타다 탁!
탁!탁!
야!
서째빼 가자.
그게
뭔데?
나도
몰라.
...
...
그래도
맥주 마시기는
좋네~
까똑!

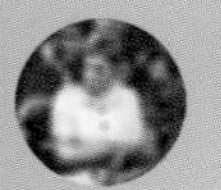

헤이주드

오늘 공연 오셨나요?

저는 친구들이 갑자기 일 때문에 못 와서..

혼자 왔어요..

친구야…

사랑하는 친구야…

미안하지만 집에 가라.

야 이 미친X아!!

꽈 - 악

그렇게 우리는
사귀게 되었어요.
공부처럼
듣던 음악도
계속 듣다 보니
진짜로
즐기게 되었고
정말 행복했어요.
그 전화를
받기 전까지는.

여자친구의
어머니가 전화를
하셨어요.

마치 어린아일 다루시듯 자상하셨어

하나하나 너무나 자세히

내게 설명해 주셨지

왜 우린 헤어져야 하는지,
왜 이루어질 수 없는지
만족하신 듯했어. 고개를 떨군 나를 보시며

카세트테이프는 A면과 B면으로 구성되어 있습니다.

A면이 끝나면 테이프를 꺼내어 뒤집은 다음 B면을 들어야 하는데,

◁ AUTOREVERSE ▷

AUTO REVERSE 기능이 있으면 자동으로
A면에서 B면으로, B면에서 A면으로 이어지게 됩니다.

그렇습니다.

계속되는 거죠. 영원히.

집안끼리 정한
결혼할 사람이
있어요.
우리 애가 아직
말 안 했나 보네.
애가 워낙 착해서
상처 주는 말을 못 해,
딱 날 닮았어.

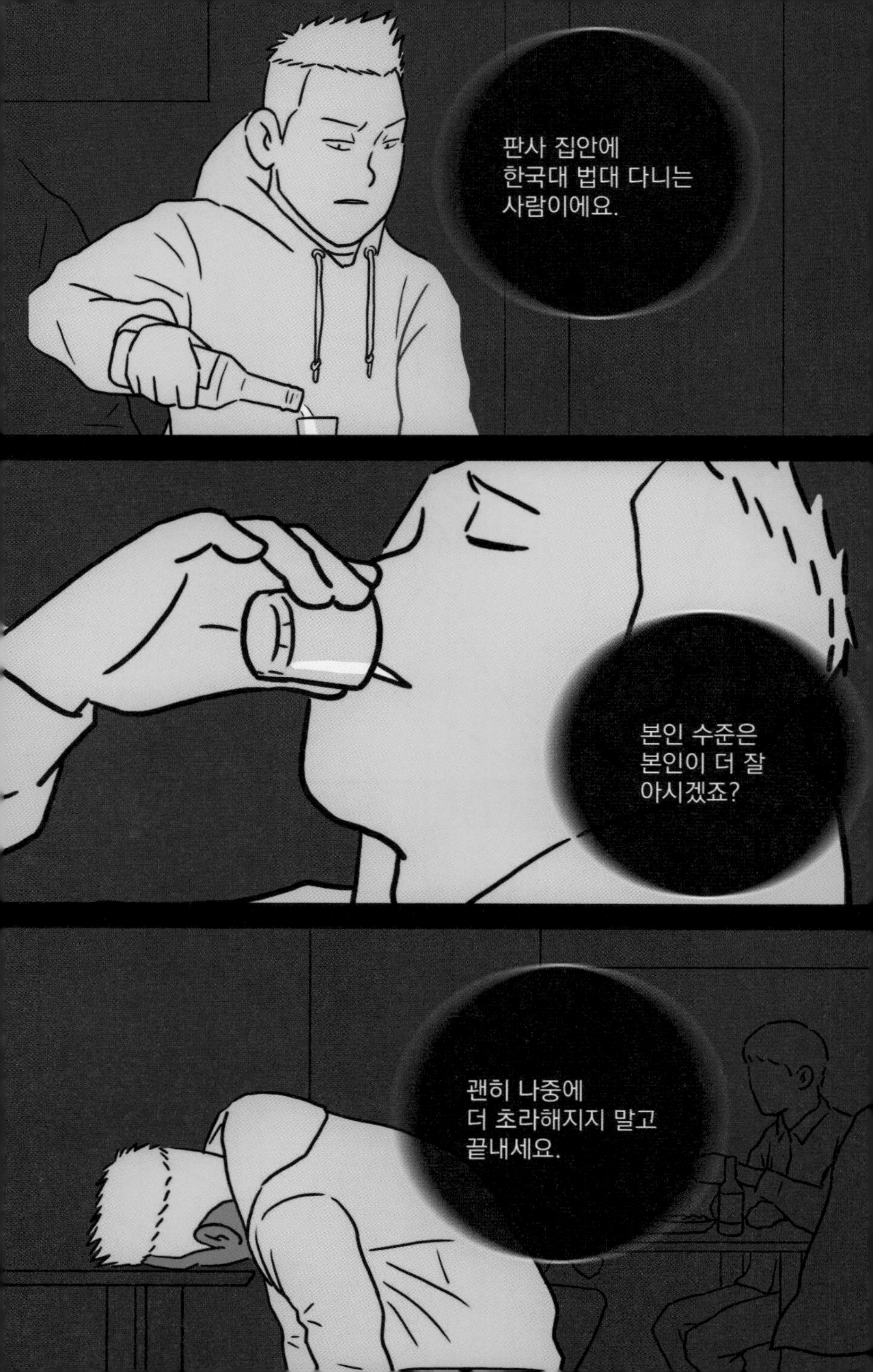
판사 집안에
한국대 법대 다니는
사람이에요.
본인 수준은
본인이 더 잘
아시겠죠?
괜히 나중에
더 초라해지지 말고
끝내세요.

너무 억울하고
화가 났어요.
여자친구는 이 사실을
아는지 모르는지…
여자친구도 너무나
미워지더라고요.
자존심이
너무 상해서
앞뒤 말없이
헤어지자고
했어요.
그래서 바로
찾아갔나요?
아뇨…
카톡으로…
최악이네요.

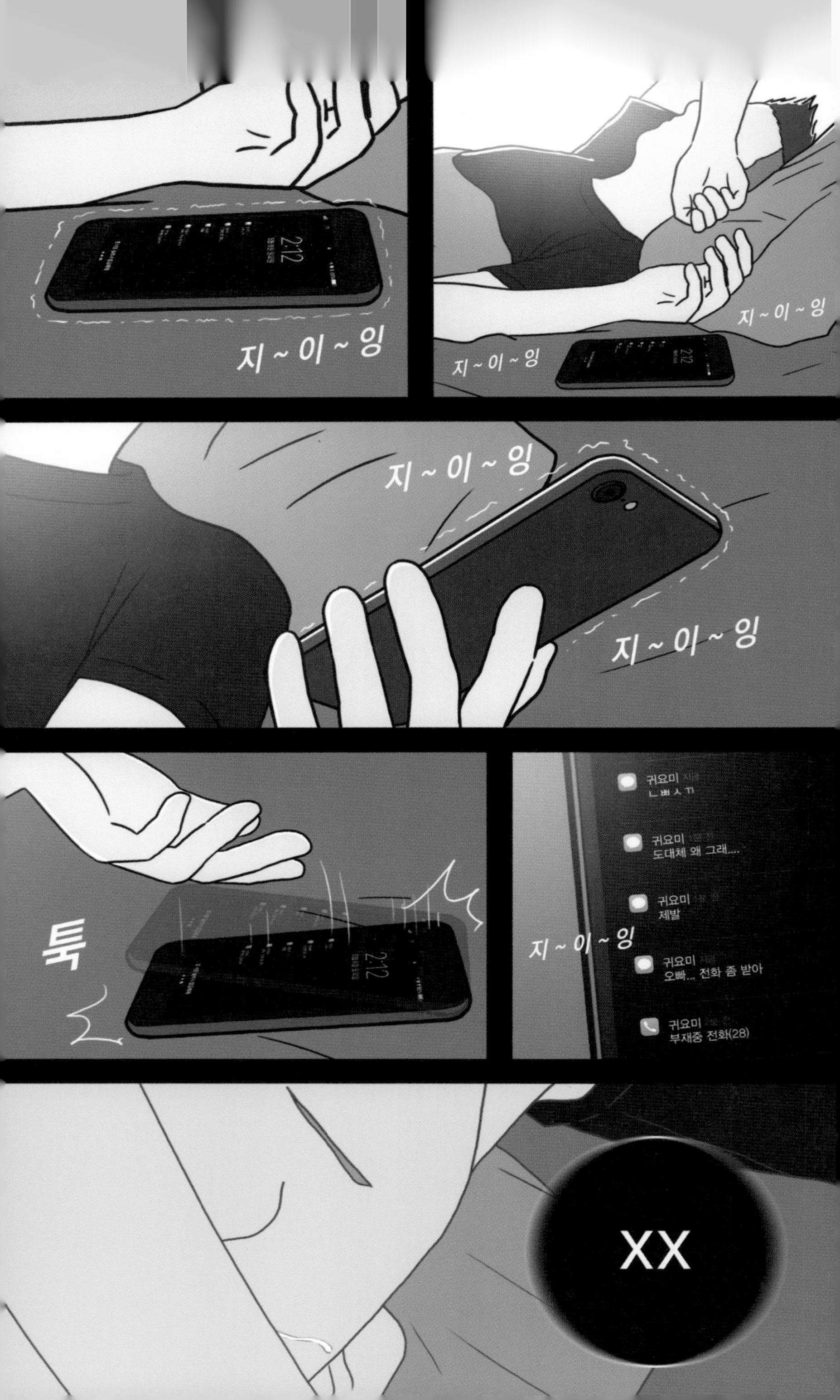

지~이~잉
지~이~잉
지~이~잉
지~이~잉
지~이~잉
톡
귀요미
귀요미
도대체 왜 그래....
귀요미
제발
지~이~잉
귀요미
오빠... 전화 좀 받아
귀요미
부재중 전화(28)
XX

조별과제
다음 조 발표하세요.
흠!
저희 조는 한 분은 학점포기, 두 분은 잠수 타셔서
저 혼자 진행했으니…
다른 분들 이름은 뺄게요~

야!
지난번에 맥주 마시러 갔던 그 뭐냐…
서째뺀가 뭔가 또 가자. 맥주 맛있던데.
노… 노래방 갈까??
남
오늘
윤종신 작사
유희열, 윤종신 작곡
윤종신 노래
321
그 생각에 조금 서러워 지네요

그래도 다행이네요.
미워했으니까
쉽게 잊을 수
있었을 테니.

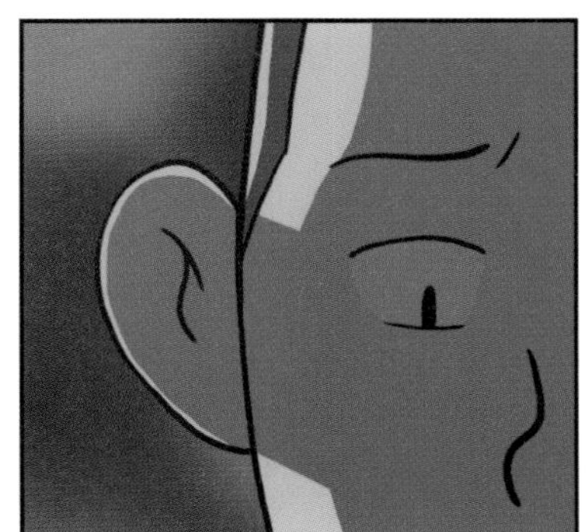

처음엔…

제가 피해자라고
생각했어요.

하지만
결국 상처 준 건
나였어요.

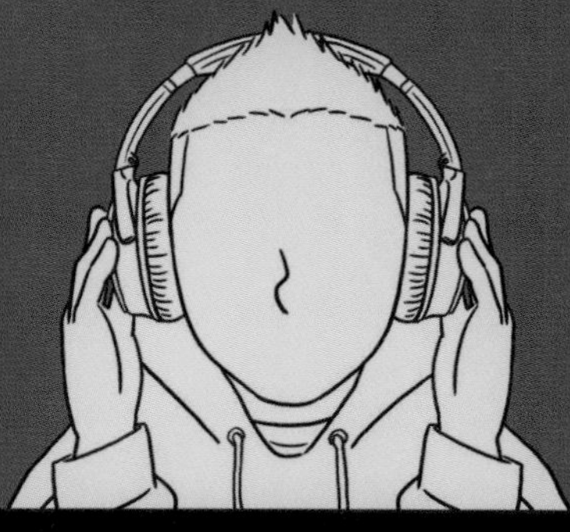
시간이 지날수록,
생각하면 생각할수록,
너무나
후회스러웠어요

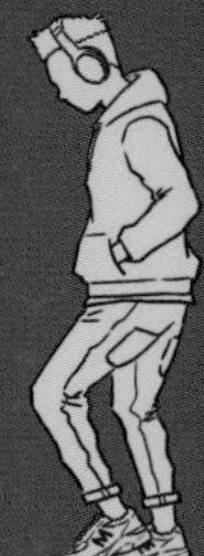
왜
여자친구 어머니를 설득해보려 하지 않았을까

드라마처럼 결국엔
우리를 축복해
주시지는 않았을까

무엇보다 그녀의
이야기도 안 들어보고
혼자 결정해 버린 게
너무나 후회스럽고
미안했어요.

수도 없이
상상해 보았습니다.

다시
그 상황이 된다면
나는 어떻게 할까.

그런데… 자신이 없어요

또 똑같이
행동하고
똑같이
후회할 것만
같아요.

41분 36초
다 되었습니다.

기사님…

같은 코스로
한 바퀴만 더
부탁드릴게요.

TAXI
53서 0253

SIDE A : Sweet Days 1 환생 4:42
VOLUME
PULL BALANCE
RELEASE·EJECT
덜컥

하~ 하야야 하~
기사님은
전생을 믿으시나요?

저는 환생을 믿고 싶어요.

하야야 하~

다시 태어난 것 같아요

다시 태어난 것 같아요

믿을 수 있나요

마법의 성

The Classic

1994

저는
목요일을 좋아합니다.

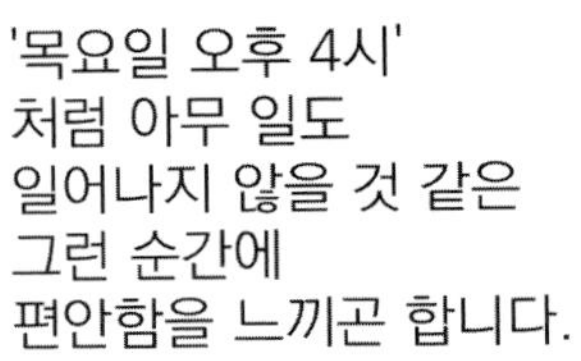
'목요일 오후 4시'
처럼 아무 일도
일어나지 않을 것 같은
그런 순간에
편안함을 느끼곤 합니다.

내일은
목요일이니까
하루 쉬어볼까나?
어제는 화요일이라
하루 쉬신 분
TAXI

하지만 오늘은 수요일,
결국 특별한 전화를
받았습니다.
따르릉~

여보세요~

기사님,
내일 포항
가실래요?

CAFE

쪼르르-

퐁-

사실…

거절하실 줄 알았는데
한 번에 OK 하셔서
좀 놀랐습니다.
장발의 바리스타
마대일 씨는,
단골 카페 주인입니다.

호록
제가 아직
포항을 한 번도
못 가봐서요.

덕분에 포항을
다 가보네요.
그런데 무슨 일로
가시는 거예요?

좌라락-

머리하러
갑니다.

좌라락-

머리하러
포항까지
가신다고요??

사연이
좀 있습니다.

1.Left
2.Right
3.Left
4.Right
제 두상이 좀
특이한 데다가
가마가 4개거든요;

살면서 제 머리를
제대로 해주시는
분이 없었는데,
알아서
해주세요

그분을
만났습니다.

딸칵
위이잉
SOMY
Discman
졸리시면 그대로
주무셔도 됩니다.
믿을 수 있나요
나의 꿈속에서
사-각
사-각
너는 마법에 빠진 공주란 걸

마법의 성을 지나 늪을 건너
어둠의 동굴 속 멀리 그대가
보여
이제 나의 손을 잡아보아요

우리의 몸이 떠오르는 것을

사

각

느끼죠

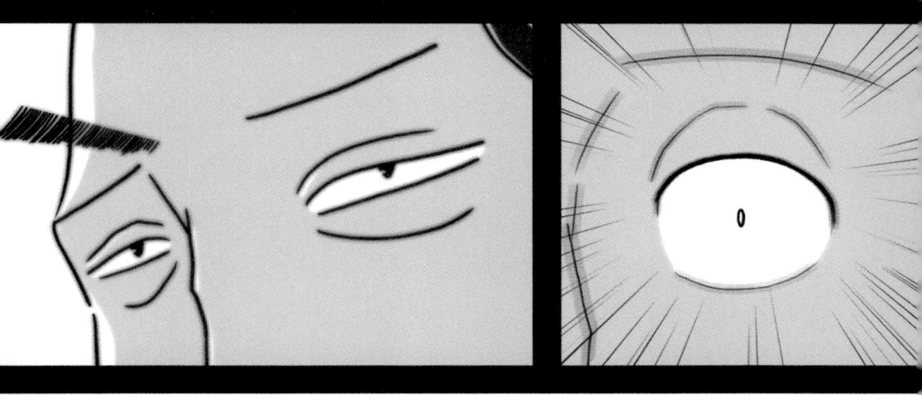

깜빡 졸면서
꿈까지 꾸다가
깨어났더니

제가 늘 하고 싶었던
평범한 헤어스타일이
되어있었습니다.

그 뒤로 몇 년은
정말 행복했어요.
WINNER
CHAMPIONSHIP
헤어스타일 덕분에
자신감도 생겨서
일도 더 잘 되고.
그러던
어느 날.
조 니뎁
디자이너 님이요.
그만두셨는데요.

아… 그럼 연락처 좀 알 수 있을까요?
연락처 공유 금지는 불문율입니다.
두둥
대신 저희 원장님 어떠세요.
효자시면 3000원 할인도 해 드려요.
불효자는 따불입니다.
효자헤어커커
효자·효녀 3000원 할인
이승철
어서와, 파마는 처음이지
JUN5 HAIR
처음엔 찾을 수 있을 것 같았어요.
아니, 꼭 찾고 싶었어요.
서울 시내 거의 모든 미용실을 찾아봤어요.

머리를 한 번도
안 잘랐습니다.

그럼, 어떻게
찾으신 거예요?

인별그램에서
찾아냈습니다.
nopainnogain님, gaein님 외 253명이 좋아합니다
253___ #마법의성 들으면서 머리하다 잠
근데 일어나보니 머리 완전 잘 됨.
#바다가보이는이발소 #선팔

포항에 있는 바다가 보이는 이발소에 계시더군요.

그럼 이제 슬슬
출발하시죠.

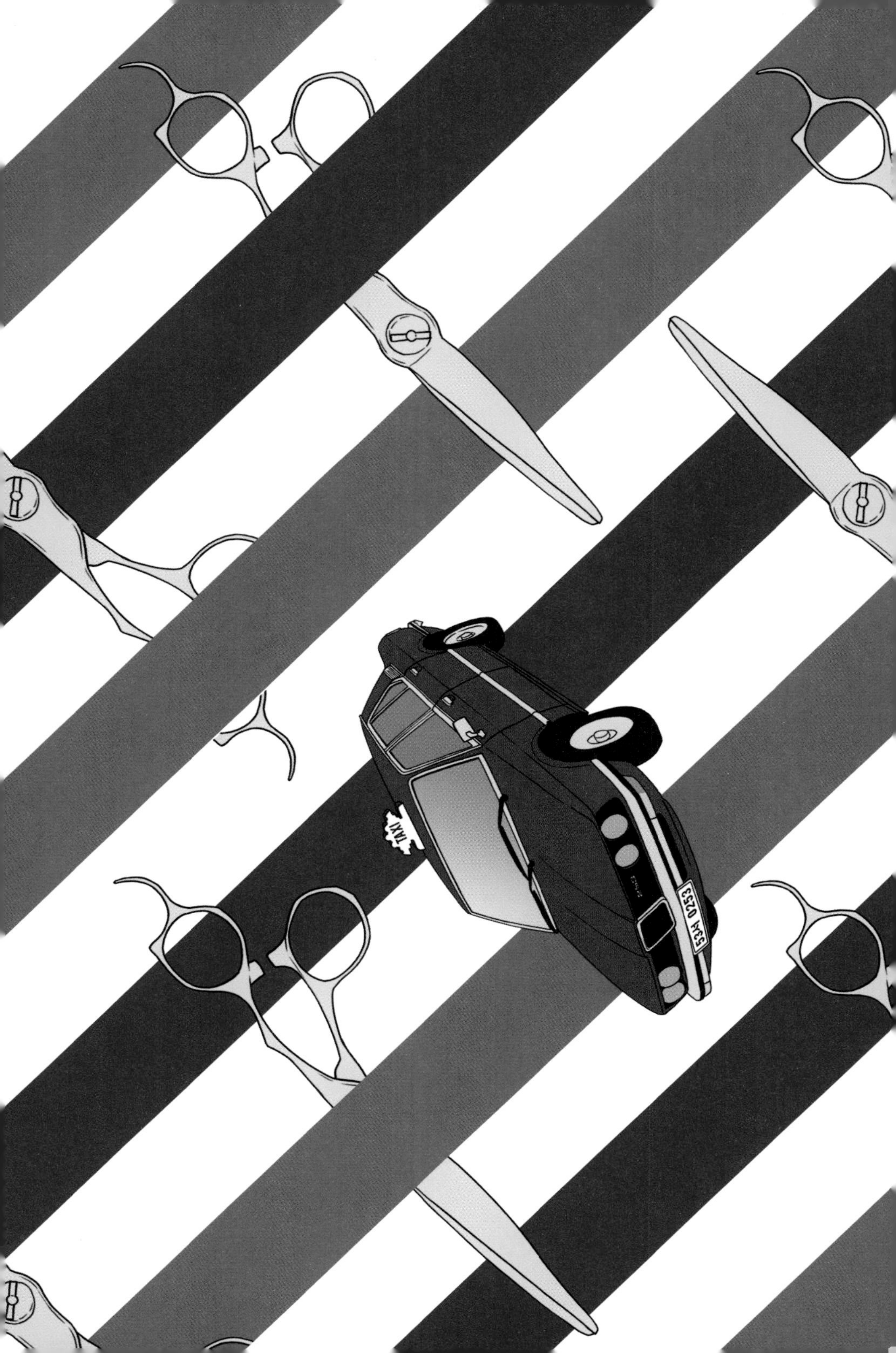
TAXI
53자 0253

잠깐 쉬었다
갈까요?
부우웅-

신탄진 Sintanjin 2km
다음휴게소 옥천 Next Service Area Okcheon 25km
오, 좋죠.
휴게소에선
역시…

호두과자!!!
맥반석 오징어!!!

호두
과자
맥반석
오징어

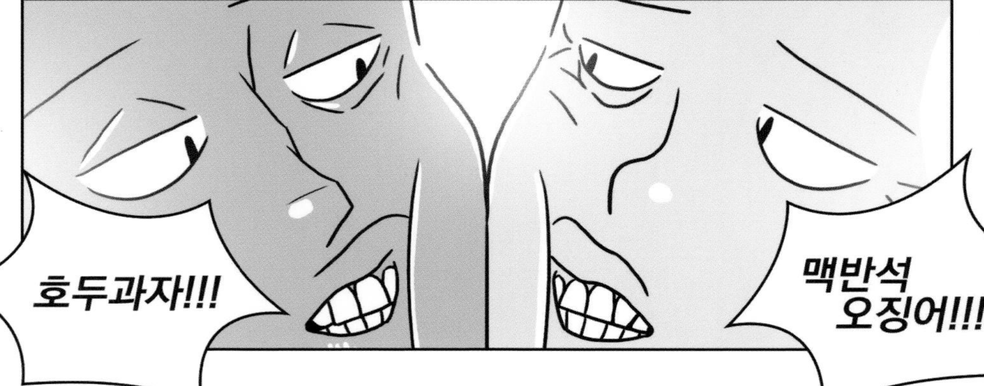
호두과자!!!
맥반석
오징어!!!

신탄진
Sintanjin
천천히

재료소진

호두과자
통감자
맥반석오징어
품절
재료소진

휴게소에선
역시 통감자죠~
통감자엔 역시…

소금!!!
설탕!!!

어서 오이소~
수고하십니다~

부우웅-

여기서
우회전 하시고,

좌회전,
우회전,
좌회전!!!

그럼
저 골목 끝에…

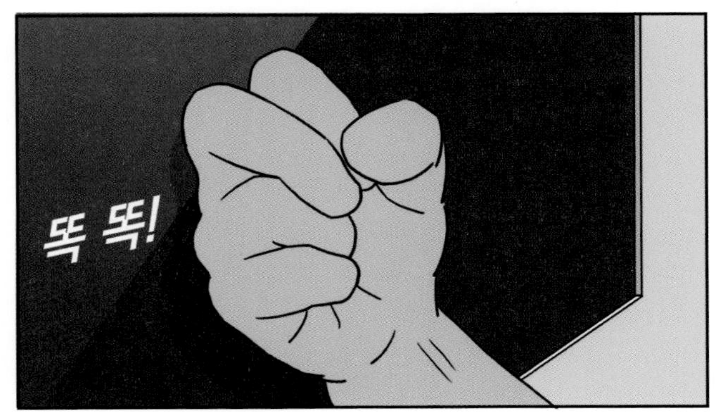

언제나 너를 향한 몸짓에

수많은 어려움뿐이지만

그러나 언제나 굳은 다짐뿐이죠

다시 너를 구하고 말 거라고

대한요구르트
어데서
온 기고?

서울서
왔나?

네~ 서울에서
왔습니다.
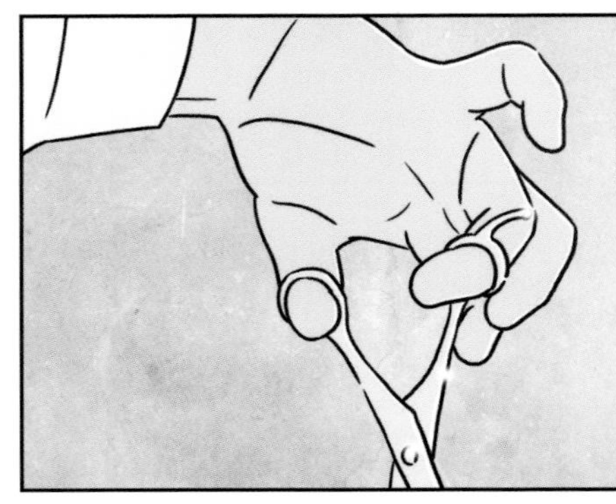
동철이 서울
댕기 왔다 카더니
친군갑네.
아~ 네.
근데 조 니뎁 선ㅅ…
아니 동철이
잘 아시나 보네요.
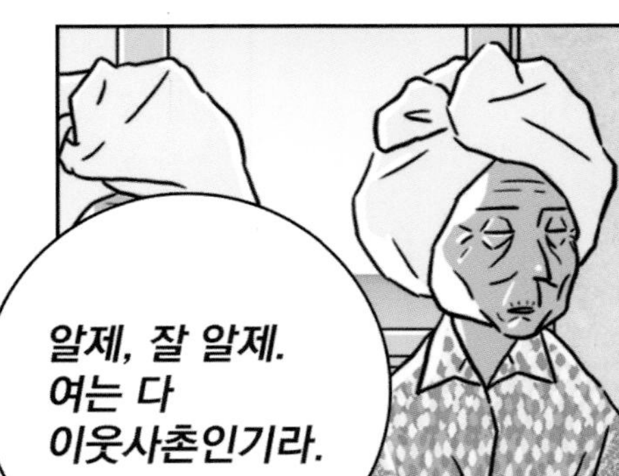
알제, 잘 알제.
여는 다
이웃사촌인기라.
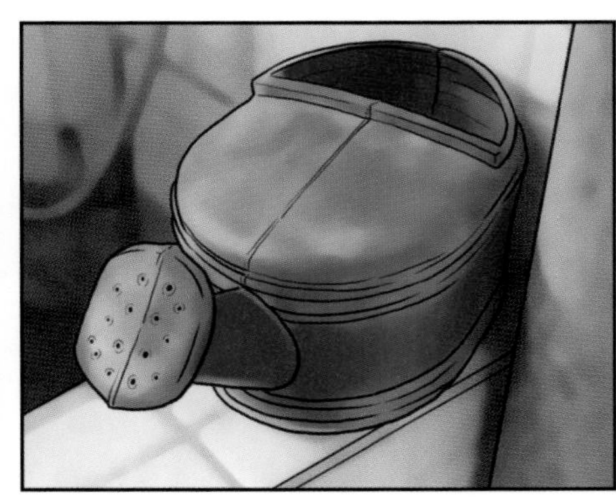

점마 서울간다꼬
집 나갔다가

즈그 아버지
돌아가시고,
가게 이을라꼬
돌아왔다 아이가~

동네에 청년들 다
도시로 나가뿌는데

점마 참
대견하다 안카나.

어르신,
다 됐심미더.

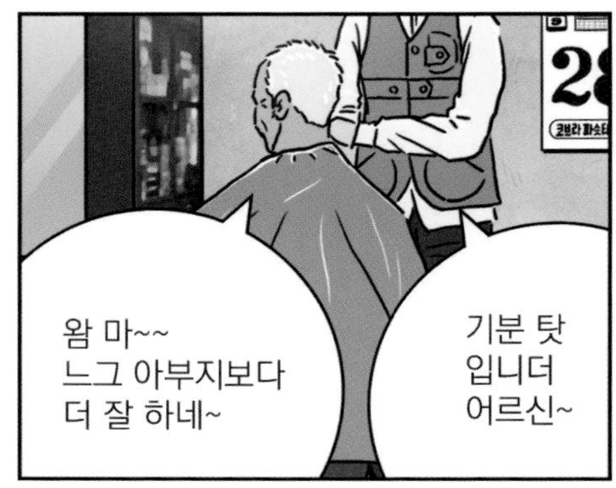
왐 마~~
느그 아부지보다
더 잘 하네~
기분 탓
입니더
어르신~

오래
기다리셨습니다.
이쪽으로 오세요.

기다리시는 동안
머리가 많이
자랐네요.

네, 좀 오래
기다렸거든요.

위이잉 -
SOMY
Discman

믿을 수 있나요

나의 꿈속에서

너는 마법에 빠진 공주란 걸

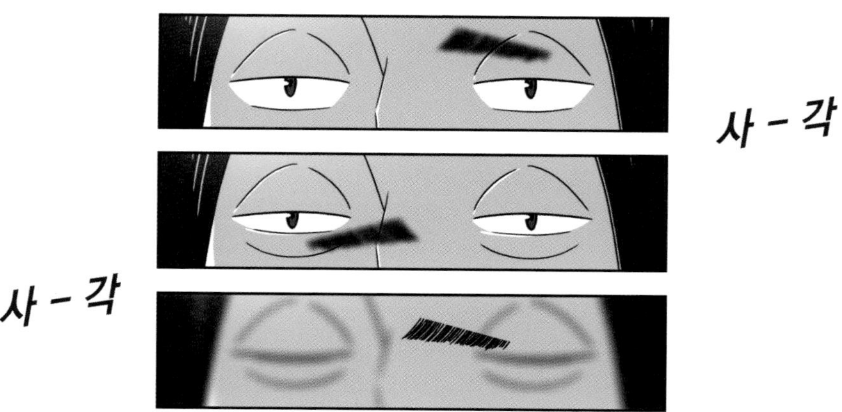

언제나 너를 향한 몸짓에, 수많은 어려움뿐이지만

손님, 다 됐습니다

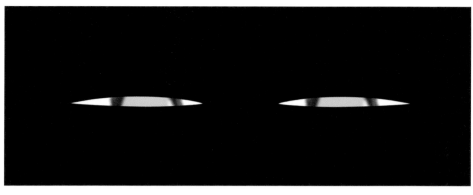

어…

아…
머리 아직
안 자르신 거죠?

…

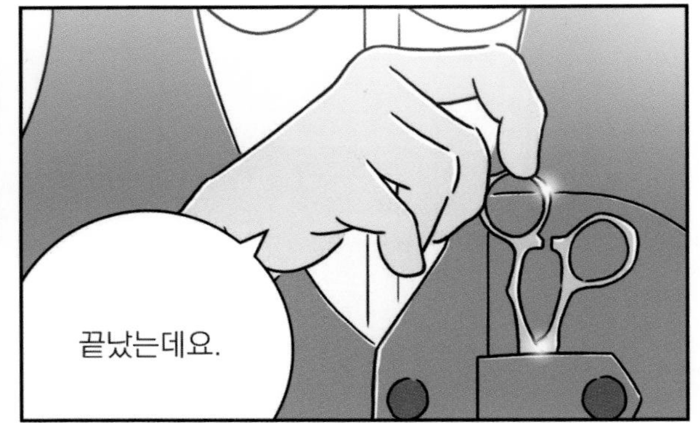
끝났는데요.

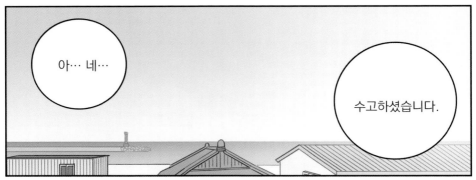

아… 네…
수고하셨습니다.

여기 어르신들은 다방커피만 드세요.

저는 진짜 피곤할 때 이거 더블샷으로 먹습니다.
바리스타의 입맛에 맞을지 모르겠네요.

저는 무작정
이곳을 벗어나고
싶었습니다.

아버지를 따라
멋진 이발사가
되고 싶었거든요.
조씨이발관
하지만 이 좁은
마을에서는
아니었어요.

고등학교를
졸업하자마자
도망치듯 서울로
올라갔습니다.

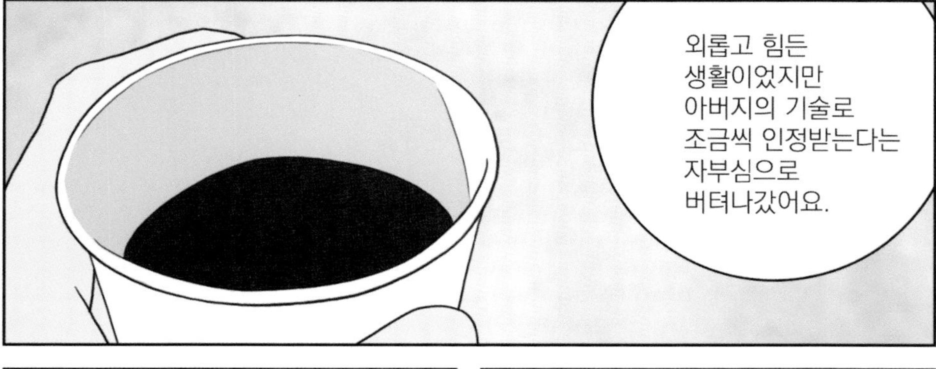
외롭고 힘든
생활이었지만
아버지의 기술로
조금씩 인정받는다는
자부심으로
버텨나갔어요.

제 숍을 차리고
자랑스러운 모습으로
아버지께 돌아오려
했습니다.

하지만
아버지는 저를
기다려주지
않으셨어요.

너거 아부지께
우리 마을 모두가
큰 빚을 져뿟다.

자면 좋노~

우리 성님
혼자서는
아무 데도
몬 간다 아이가.

그런데 그동안
한 달에 한 번씩
동철이 아부지가
오도바이 타고
집으로 와 가
이발해 주신기라.
이 고마움을
우째 갚노.

동철이 보거라.
고등학교 졸업을 축하한다.
이것을 가지고 서울로 가서
네 꿈을 이루기를 바란다.
애비가

긴 머리가 너무
잘 어울리셔서
상한 머리끝
정리만 했습니다.
그리고…

감사합니다,
정말.
저야말로
감사했습니다.

그러면…
여기 계속
계시는 거죠?

네.

우리 마을에도 이발소 하나쯤은 있어야 하니까요.

그럼 올라가는
휴게소에선
맥반석 오징어?
호두과자
라니깐요…
천안에서
TAXI
53서 0253

NEVERMIND

Smells Like Teen Spirit, Lithium

Nirvana

1991

왜

똑같은 햄버거도
야식으로 먹으면
두 배 정도 더 맛있을까요.

3 여기서 받으세요
PICK UP HERE
TAXI
오늘도, 단지
이 궁금증을 풀기 위해
야식을 먹습니다.

따르릉~
따르릉~

...

네-
여보세요

야식을 먹을 때
걸려오는 예약전화는
받지 않는 것이
원칙이지만,

오랜 단골인
고배인 씨 전화는
못 본 척할 수가 없네요.

택시
빈차
배인 씨와
음 만난 건
직 개인택시를
전하기 전,
사납금을
채우기 위해 찾은
늦은 밤 홍대에서
였습니다.
정확히 말하면
개를 한 마리 태웠죠.
비글 같은…

HELLO, HELLO, HELLO, HOW LOW?
시끄러운 음악이 나오는데도 꿀잠을 주무시더군요.
HELLO, HELLO, HELLO, HOW LOW?
거의 다 왔는데 슬슬 깨워야겠다. 볼륨을…
VOL
소용없는 거냐?! 자장가인 건가…

어…!
어!!!!
이거 형님이
틀신 음악입니까??
휴…
일어났군…
앗, 죄송!
좀 시끄럽죠?

도착했습니다.
세봉운수 253
27 서 2848
끼-익
손… 손님?
설마 또
자는 거냐…
형님,
돌아가 주세요.
다시.
홍대로.

그룹채팅 3 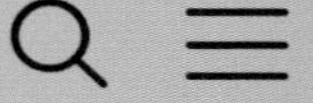

야들아 다시 연습실로 집합

2 오늘 내가 진짜 띵곡 하나 뽑는다!!!

야들아 다시 연습실로 집합

1 오늘 내가 진짜 띵곡 하나 뽑는다!!!

크리스

헐, 이런 미친… 1

크리스

헐, 이런 미친…

그노그노

난 이미 연습실. 오고 말해라

헉;;;

도착한 곳은
밴드 연습실이었습니다.
사실 음악은
그저 그랬지만,
다들 너무 즐거워 보여서
사납금을 포기하고
연습하는 걸 한참
구경했습니다.
형님은 지금
역사적인 현장에
함께 계신 겁니다!!
아… 네…
하하

음악이
삶의 전부인 것 같이
노래하던 27살의 고배인 씨.
지미 헨드릭스,
짐 모리슨,
제니스 조플린,
그리고 커트 코베인이
요절한 나이.
27살에 그는…
건실한 회사원이
되었습니다.

축하합니다!!
첫 출근은
어땠어요?

딸꾹…
헤헤…
헉!!!
데자뷔인가…

첫날부터 딸꾹…
술도 사주고~
딸꾹…
짱짱맨~

사장님 알라뷰~
형님!! 그때 그거!!
니르바나 틀어주세요!!
히익!!!!
위험해요!!

들어오세요!!
들어오면
틀어줄게요!!

오키도키
이다도시
남양주시~
턱

스윽
USH RADIO
BASS

움찔
움찔
HELLO, HELLO,
HELLO, HOW LOW?

소리 벗고
팬티 질러!!!
히익!!!!
위험해요!!

끼 - 익

그나저나
맨날 음악만
하시는 줄
알았는데,
취업 준비는 또
언제 하셨데요?

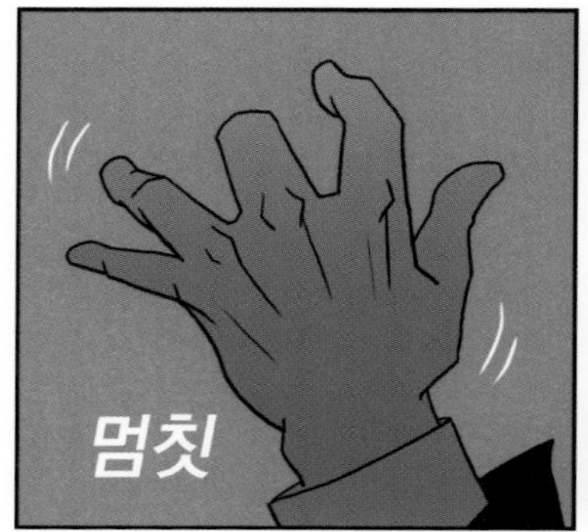
멈칫

큿!!

어디로 가야하죠
아저씨…
우는 손님이
처음인 가아요…

우리는 평생 음악만
하며 살 줄 알았어요,
아니 그러고 싶었어요.
야…
지미 헨드릭스도
27살에 죽었대.
소름…
그럼 27살까지
죽이는 음악 만들면
우리도 죽는 거
아님??
ㄴㄴ 우린
만수무강할 듯.
낄낄낄
난 오래 살고 싶어서
일부러 대충 만드는
거임. ㅋㅋㅋ
ㅋㅋ ㅂㅅ
뭐래 ㅂㅅ

농담처럼
말했지만
사실 다들
너무나 잘 알고
있었어요.

우리가
좋아하는
밴드들,
음악들

몇 번을 듣고,
따라 불러도
질리지 않는
그런 멜로디

우리는 만들 수
없다는 것 정도는.

그리고 돈이었죠.
학자금 대출 때문에 졸업하자마자 빚쟁이가 된 데다가
대출통장
집이랑, 연습실 두 군데 월세 내면서 음악 해보겠다고 알바했는데,
알바 끝나면 알바했다는 핑계로 놀고…
치사하게 캐논 러시냐.
ㅋㅋㅋㅋ 너도 하든가.

벌컥!
야, 초저녁부터
왜 이렇게 달려?
턱
나…
취업 준비
중이다.
그러니까
캐논 러시는
좀 심하잖아!!
너도
하라니까~?
ㅋㅋㅋ

야! 야! 나
취업 준비 중이라고!
밴드 그만한다고!!
…… 알았어, 이번 달 월세 빼줄게.
…… 알았어, 너 빼고 이제 술 안 먹을게.
진심으로
밴드 그만하고
싶다고…

나 음악 만드는 거
못하겠어.
같이 연주하고,
같이 노래하는 건
정말 최고로 행복한데
나는 무언가
새로운 걸 만드는
사람은 아닌 것 같아.
NIRVANA
NEVERMIND
그냥 음악이 좋아.
그래서 시작한 건데
계속 음악
좋아하고 싶어서
그만하고 싶어

그래도…
가끔 모여서
같이 연주하자.

그래, 그래도
가끔 모여서
같이 연주하자.

밴드가 너무 하고 싶어서,
제가 친구들 엄청 졸라서
시작한 밴드였어요.

시작도, 끝도,
제멋대로 굴었는데

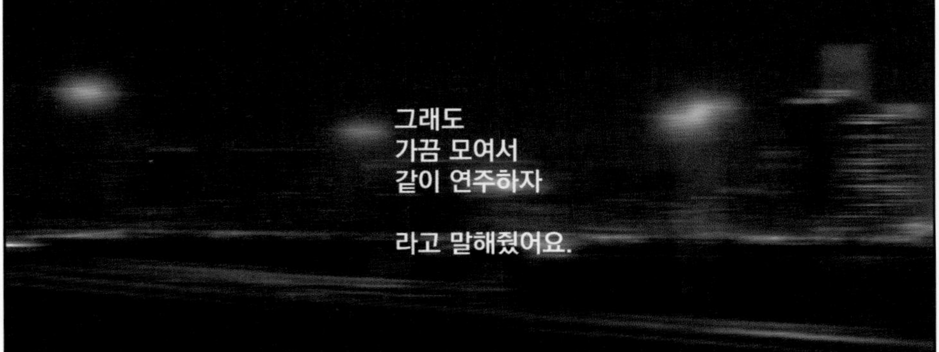
그래도
가끔 모여서
같이 연주하자

라고 말해줬어요.

근호… 아시죠?

아!
드럼 치시던 분이
근호 씨인가요?

네. 맞아요.
근호가 연습실
계속하기로 했어요.

나는
계속 음악
하고 싶어.

기타
치고 싶어서
혼자 있을 때
계속 기타 연습
하고 있었거든.
그러고 보니 우리
처음 밴드 할 때
기억난다.
셋 다
기타부터 덜컥
사서 모였던 거??
ㅋㅋ
셋 다 기타 치겠다고
엄청 우겼었지.
ㅋㅋㅋ
심지어 내 건
클래식 기타였어.
ㅋㅋㅋㅋ
ㅂㅅ
ㅋㅋ
ㅋㅋ
ㅋㅋ

그런데 오늘
출근 첫날이면
친구들이랑 축하 파티
해야 하는 거
아니에요?

그렇긴 한데…
염치없어서
첫 출근 오늘이라고
말도 못 했어요.

첫 월급 타고
만나서 한턱
제대로 쏘려고요.

그리고

내일…
출근해야죠.

까똑!

SKT
크리스
야 신입 첫 출근 잘했냐?

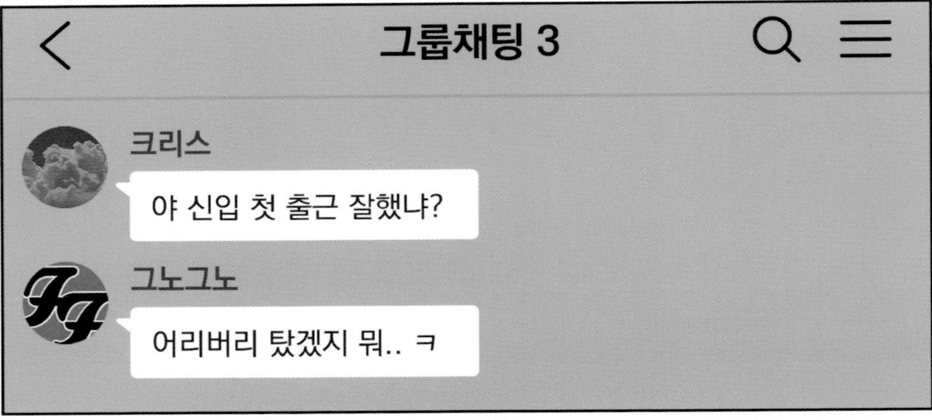
그룹채팅 3
크리스
야 신입 첫 출근 잘했냐?
그노그노
어리버리 탔겠지 뭐.. ㅋ

야

야

퇴근했으면 연습실이나 와라

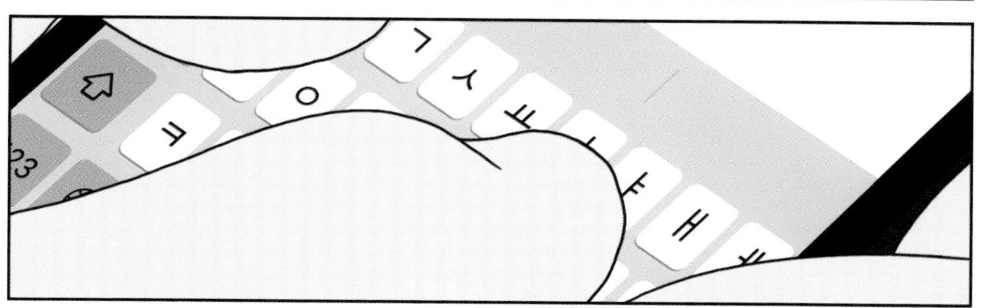

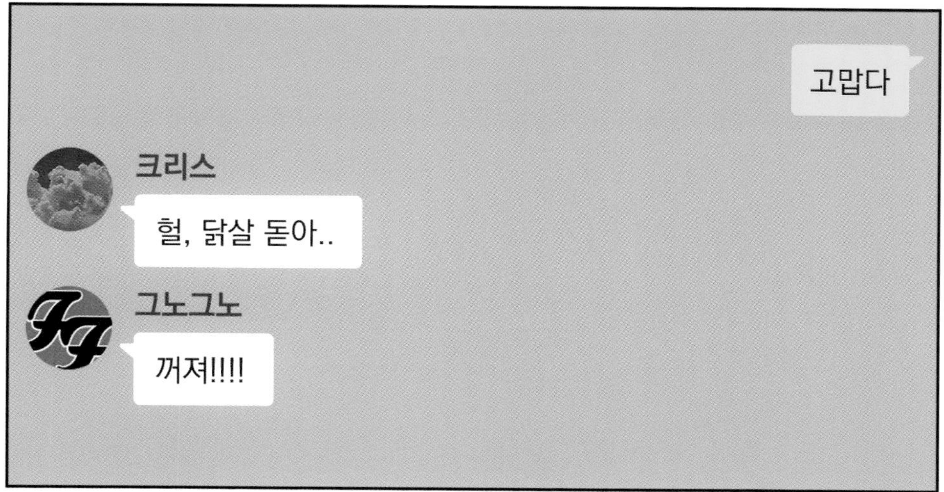

고맙다
크리스
헐, 닭살 돋아..
그노그노
꺼져!!!!!

기사님

5번 트랙
〈*Lithium*〉
틀어주세요.

**홍대 연습실로
가주세요.**

I'm so happy.
Cause today I've found
my friends
사실,
그러실 줄 알고
아까부터 홍대로
가는 길입니다만.
ㅎㅎㅎ
이런
쎈스쟁이!!
They're in my head
I'm so ugly, that's okay
Cause so are you
We've broke our mirrors
대신 오늘은
구경 안 합니다.
쎄굿바.

그대는 이미 나

그대는 이미 나

산울림

1978

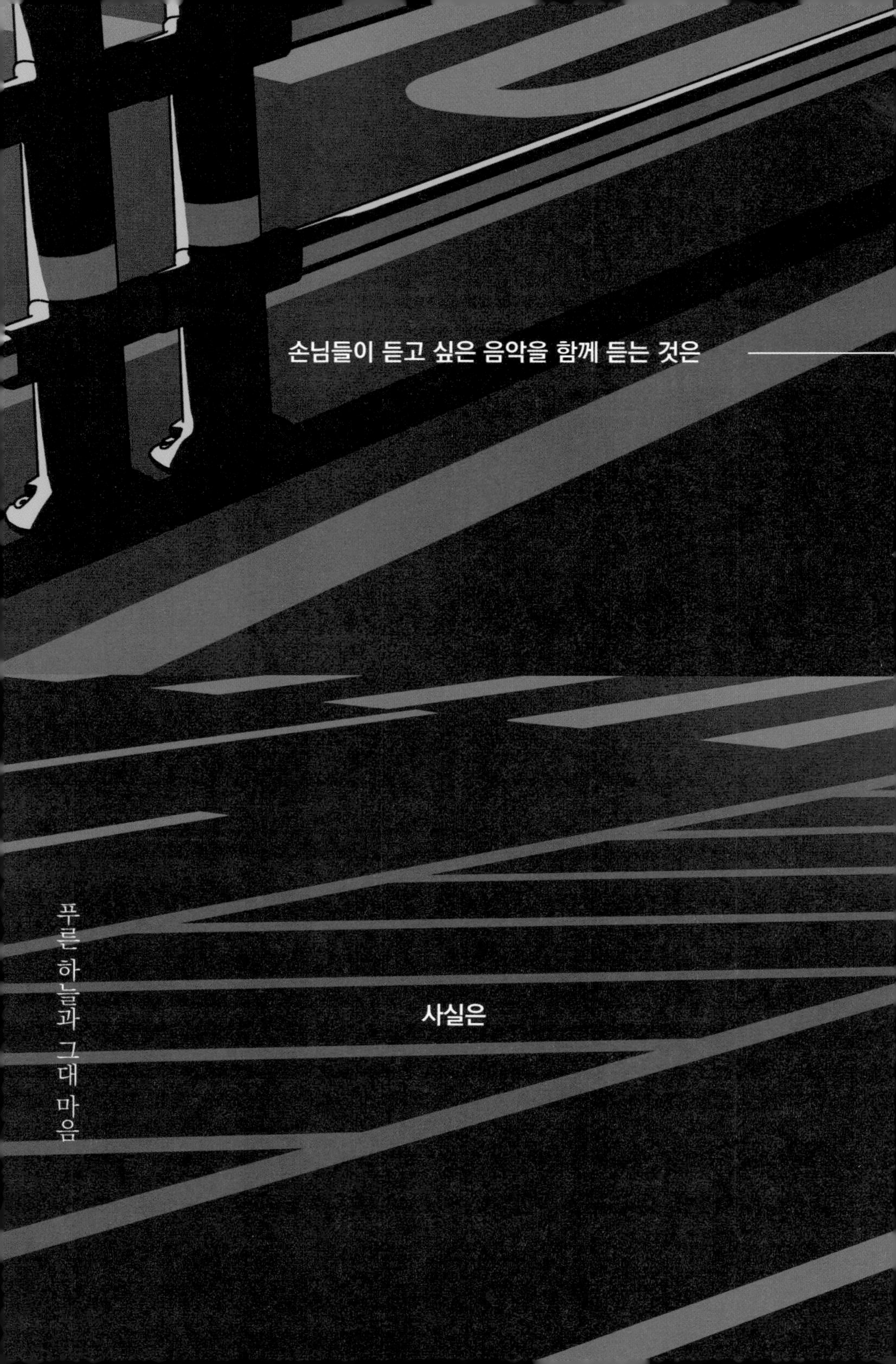
손님들이 듣고 싶은 음악을 함께 듣는 것은
사실은
푸른 하늘과 그대 마음

구름이 한 점도 없는

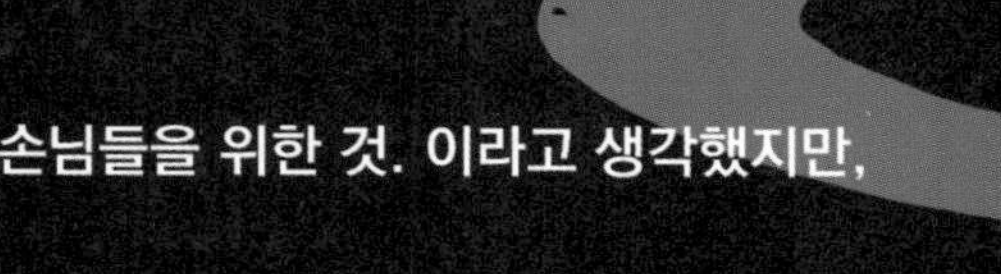

손님들을 위한 것. 이라고 생각했지만,

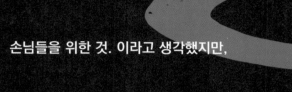

수줍게 피어나는

한 떨기 꽃과 그대 얼굴

나를 위한 것인 것 같다는 생각이 들 때가 있습니다.

가슴에 스미는 그대는
아무 말 안 해도 이미 나
끼 - 익
TAXI
53서 0253

이미나
손님,
도착했습니다.

이미나
손님?

기사님, 저…
이 음악… 다 듣고
내려도 될까요?
12분 53초
뒤에요;;??
5:36
-12:53

범상치 않은
뿔테안경.

부모님 앨범에서
본 것 같은
헤어스타일과

청청패션.

과거에서
타임머신을 타고
방금 도착한 듯한
김창식 씨는

파릇파릇한 20살,
대학생입니다.

안 그래도
오랜만에 산울림
들으니 좋아서,
창식 씨
내리고 나면
저도 마지막까지
들을까 했었어요.
ㅎㅎ

오!! 역시!!
형님 뭘 좀
아신다니깐!!

그런 의미에서…
미터기는 좀
꺼 주시는 건
어떠실까요??
응 안돼.
타닥
타닥

STB
시울림
제3집
내 마음\그대는 이미 나
이 앨범은
LP로 꼭 갖고
싶은데…
매물도 잘 없고,
너무 비싸더라고요.

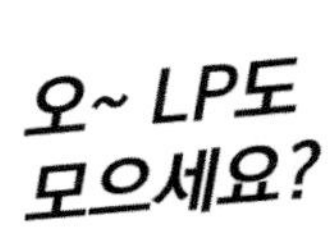
오~ LP도
모으세요?

진짜 20살 맞아요?
53살 아니에요??ㅋ

헐~ 무슨 소리
하시는 거예요.
오늘도
편의점에서
민증 검사했는데~

그건……
수상한 사람이라서
한 것 아닐까요?

기사님!!
농담~
농담~ㅋ

STB
산울림
제3집
내 마음\그대는 이미 나
창식 씨가 사려는 이 산울림 제3집은, A side에는 4곡이 수록되어 있고

STEREO
33⅓
SIDE B
GEBL-SL34
RTB RECORDS
산울림 제3집
1. 그대는 이미 나
B side에는 18분 29초의 대곡, 〈그대는 이미 나〉 단 한 곡이 들어있습니다

한쪽 면에 한 곡만
들어있다는 게
지금 들어도
파격적으로 들리는데,

그 당시에는 얼마나
파격적이었을까요.

하지만 그렇게 파격적이었던 까닭에, 그 당시엔 대중의 외면을 받았습니다

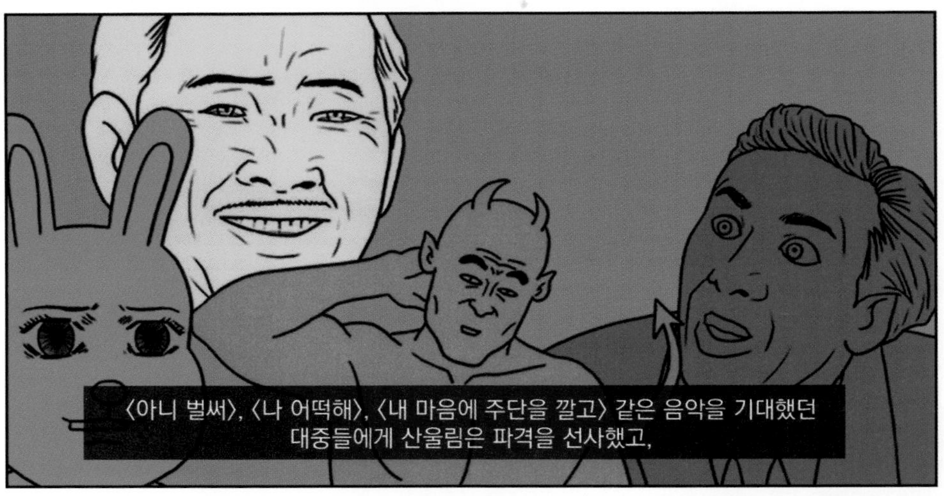
〈아니 벌써〉, 〈나 어떡해〉, 〈내 마음에 주단을 깔고〉 같은 음악을 기대했던 대중들에게 산울림은 파격을 선사했고,

기대와는 다른 실험적인 사운드에 다들 어리둥절행 이었어요.
하지만 시간이 한참 지나고 음악 팬들과 평단에서 재평가 받으며

THE BEATLES
1,2집과 함께 명반으로 불렸다는 게 학계의 정설.

자, 그럼 강의는
여기서 마치고…

창식 씨!
전부터 물어보고
싶었는데요.

패션도 그렇고,
음악도 그렇고
레트로한 걸
좋아하는 이유가
있나요?

응? 전 제가
레트로하다고
생각해 본 적
한 번도
없는데요?

헉;;
농담이긴 한데요,
한편으로는 농담이
아니기도 해요.

어떤 계기라든가
목적이 있는 건
아니고요.

단지 제가 보기에
멋있는 스타일로
옷을 입고

난 지금 미쳐가고 있다
이 헤드폰에 내 모든 몸과
영혼을 맡겼다
음악만이 나라에서 허락하는
유일한 마약이니까
이게 바로 지금의 나다
좋아하는 음악을
찾아 듣다 보니
이렇게 되어있었던
것뿐이에요.

그냥…
뭐랄까
취향이
확실하셨던
거네요. ㅎㅎ

네, 저는
제가 좋은 게
좋아요.

그런데
남들과 조금
다르다는 거,
유행하는 것을
하지 않는 게…

생각보다 좀
외롭고 쉽지 않은
길이더군요…

끼-익

웅성웅성
웅성웅성
웅성웅성
웅성웅성

어서오세요~
별다방입니다.

저…

손님…
여긴 쌍화차
없는데요?
아메리카노!!!!
샷 추가로!!!

소근소근
재 뭐야…
소근소근
코스프레야
뭐야??

앗… 갑자기
신호가!!!

후다닥!!!

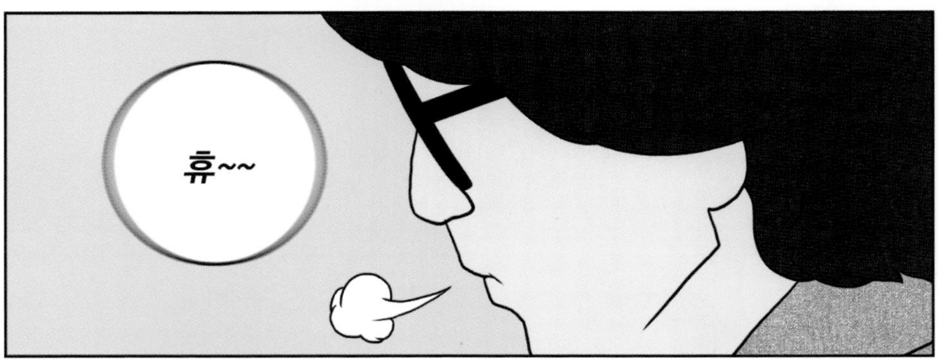
휴~~

저벅
저벅
야,
김창식 있잖아.
!

컨셉질
너무 하는 거
아니냐?
극혐.

진짜 튀려고
별짓을 다하네.
관심병자인 줄.
ㅋㅋㅋ

그리고
진짜 촌스럽지
않냐??
레트로st가
아니라 그냥
옛날 사람 ㅋㅋ

레트로한
컨셉이
아니라…

내 생각엔
딱 봐도 컨셉충
이긴 한데…

〈돌아이〉가
컨셉이신 듯.
ㅋㅋㅋ
야, 너무 심했다.
또XX라니.
ㅋㅋㅋㅋㅋ

ㅋㅋㅋㅋㅋ
아니 또XX말고,
〈돌아이〉라고
호랑이 담배 피우던
시절 영화 있거든.

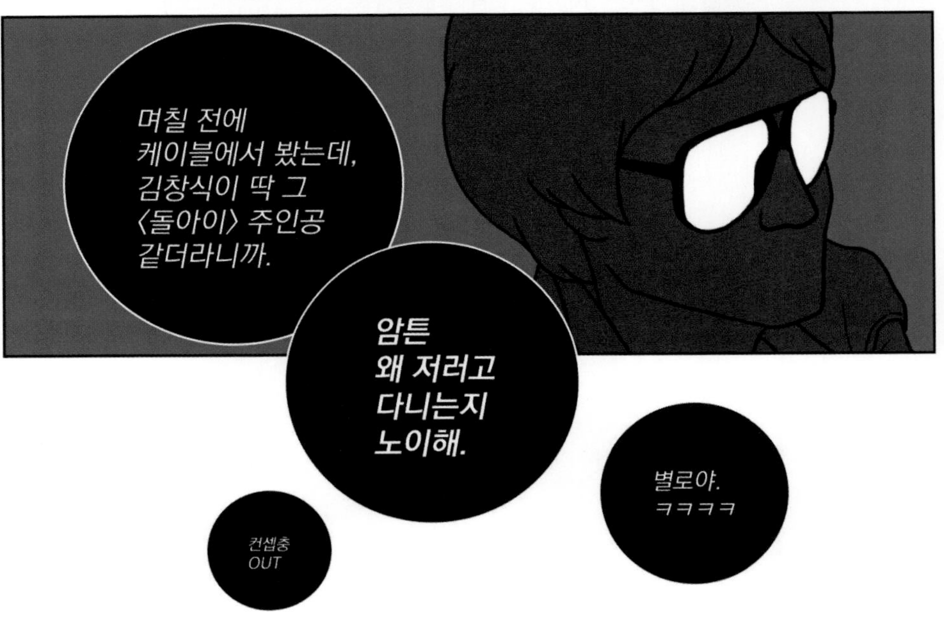
며칠 전에
케이블에서 봤는데,
김창식이 딱 그
〈돌아이〉 주인공
같더라니까.
암튼
왜 저러고
다니는지
노이해.
별로야.
ㅋㅋㅋㅋ
컨셉충
OUT

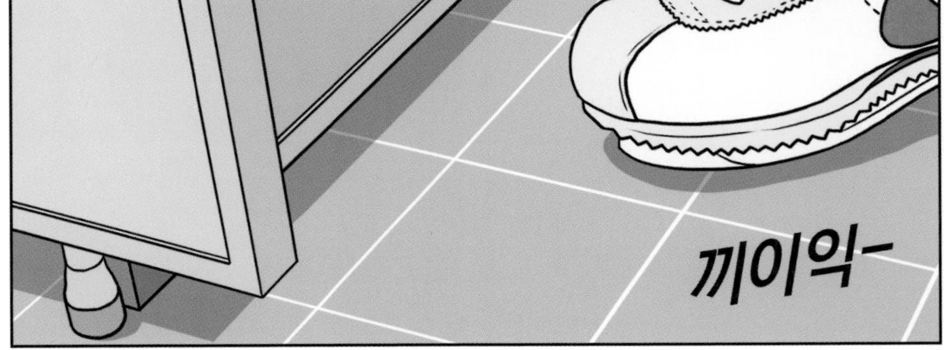
끼이익-

쏴아아ㅡ

사실

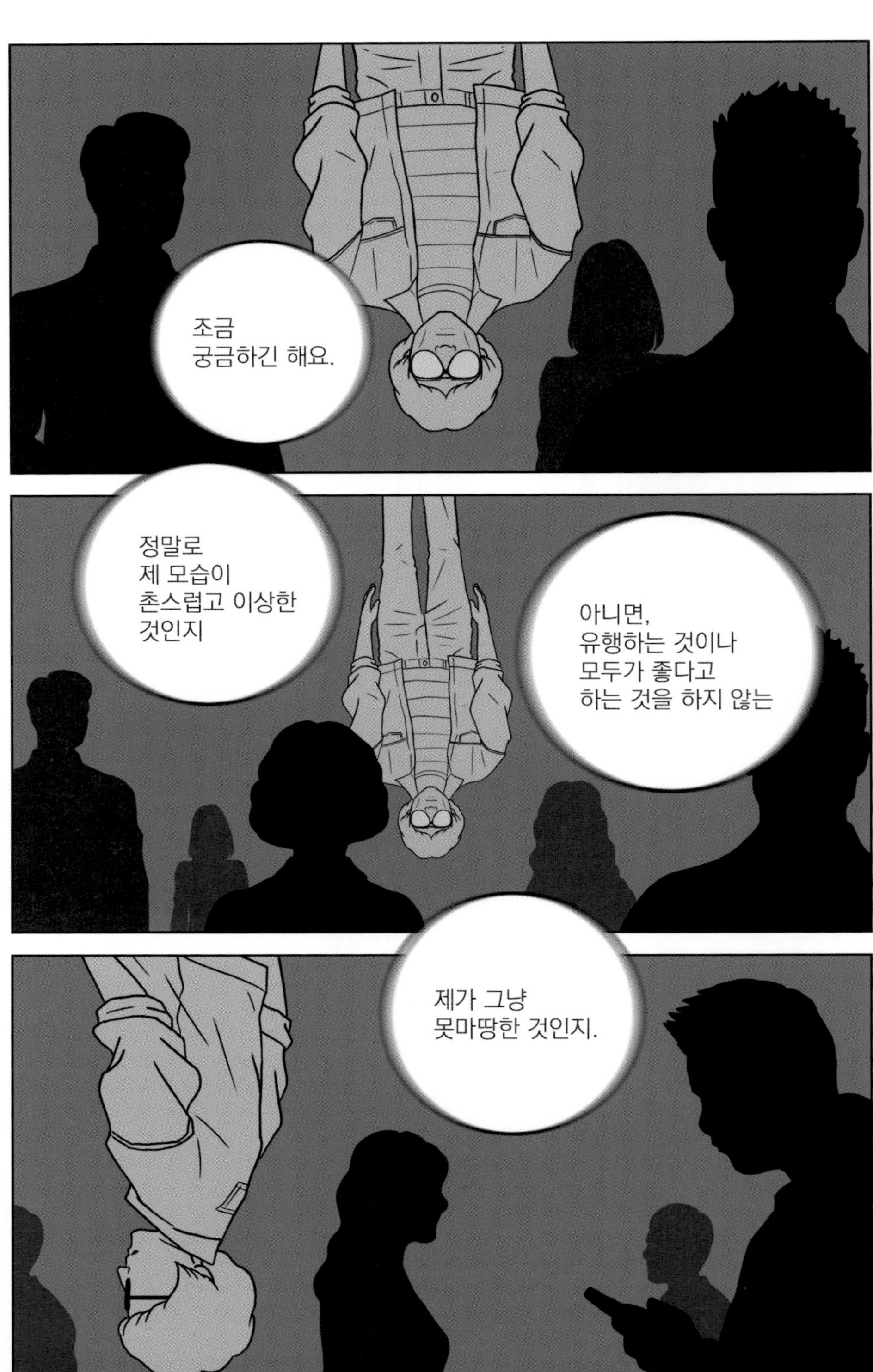
조금
궁금하긴 해요.
정말로
제 모습이
촌스럽고 이상한
것인지
아니면,
유행하는 것이나
모두가 좋다고
하는 것을 하지 않는
제가 그냥
못마땅한 것인지.

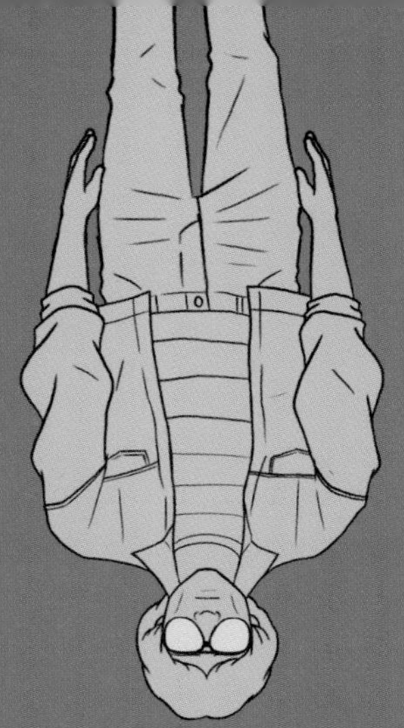

어쨌든
그런 것들,

저는 신경 쓰지
않기로 했지만.

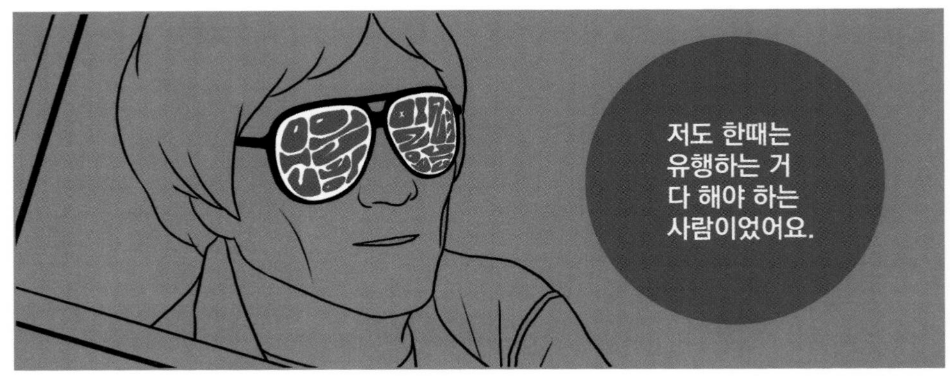
저도 한때는
유행하는 거
다 해야 하는
사람이었어요.

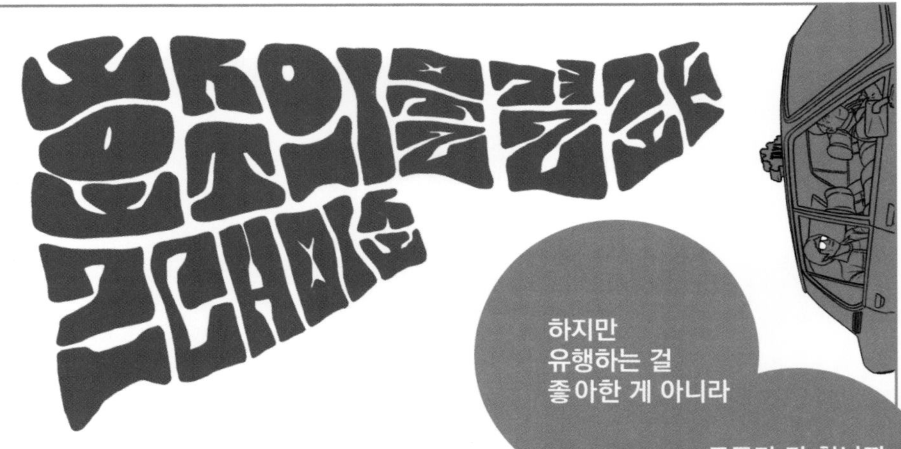
하지만
유행하는 걸
좋아한 게 아니라
모두가 다 하니까
나도 해야 할 것만
같아서 따라
했었어요.

남과 내가 다르지
않다는 것에서 어떤
안도감을 얻었던 것
같아요.

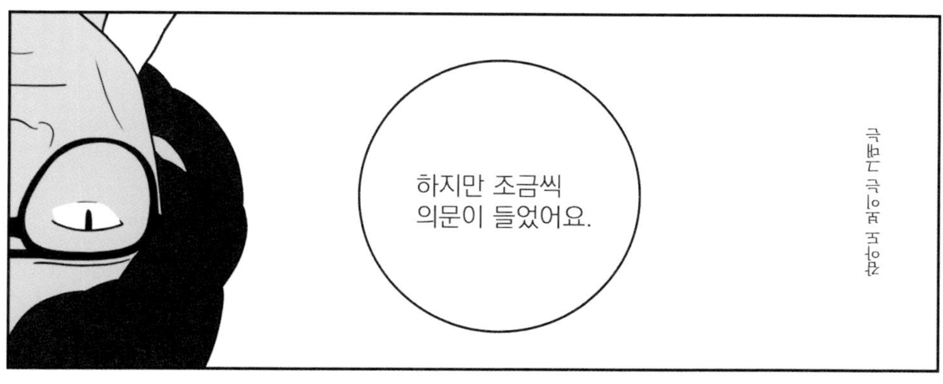

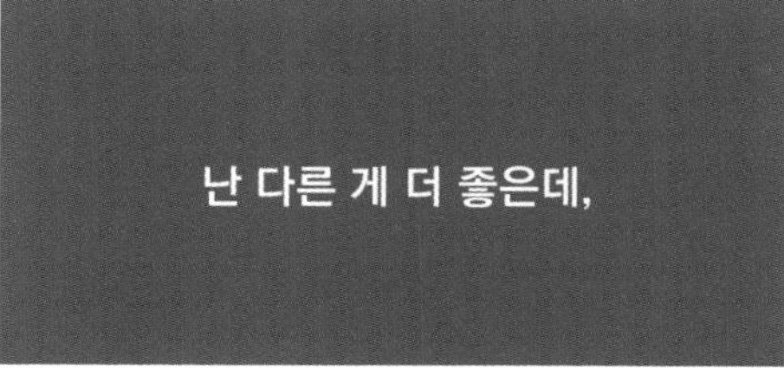

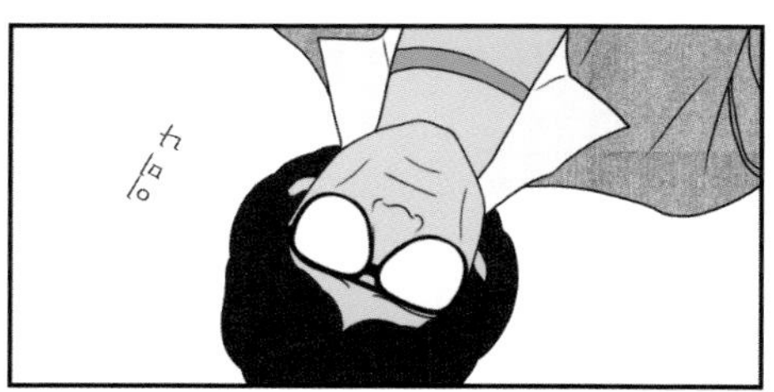

왜 좋지도 않은 것을 해야 할까.

내가 좋아하는 것이 무엇인지보다

많은 사람들이 좋아하는 것이
무엇인지가 더 중요한 걸까.

맞아요.
평생 유행과
트렌드만 쫓다가

정작
자기가 진짜로
좋아하는 게
뭔지도 모르고

죽는 사람이
아마 세상에 절반은
넘지 않나 싶어요.

네기Sea (nchc****)

산울림의 이 앨범도
사람들이 좋아하는
것을 만들려고 했으면
얼마든지
그렇게
할 수 있었을
거예요.
하지만 그랬다면
그 음반은…

이런 명반이 될 수 있었을까요?

기사님, 제가
멋있는 거
보여드릴까요?
응?
이거 그냥
창식 씨 사진
이잖아요;;
아!
좀 옛날 사진
같기도 하고…

낡은 것처럼
보이는 필터 뭐
그런 건가요?

저희 아버지예요.
아버지 젊었을 때.
ㅋㅋ

ㅋㅋㅋ
헉!!! 창식 씨랑
너무 똑같은 거
아니에요!??

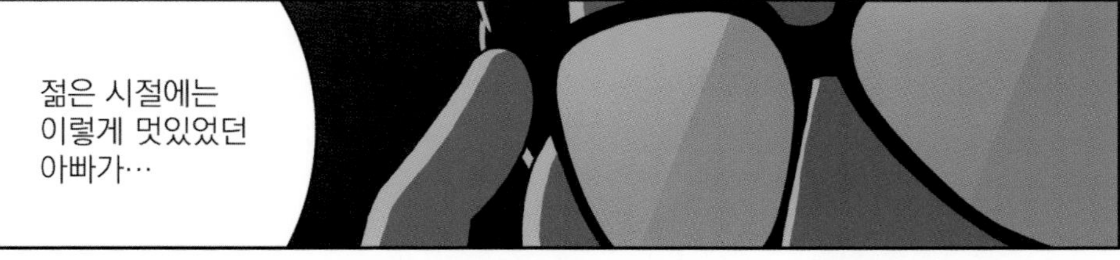
젊은 시절에는
이렇게 멋있었던
아빠가…

지금은 왜
하지 말라고 해도
샌들에 양말을 올려 신고

외출복은
알록달록 등산복
밖에 없을까요.

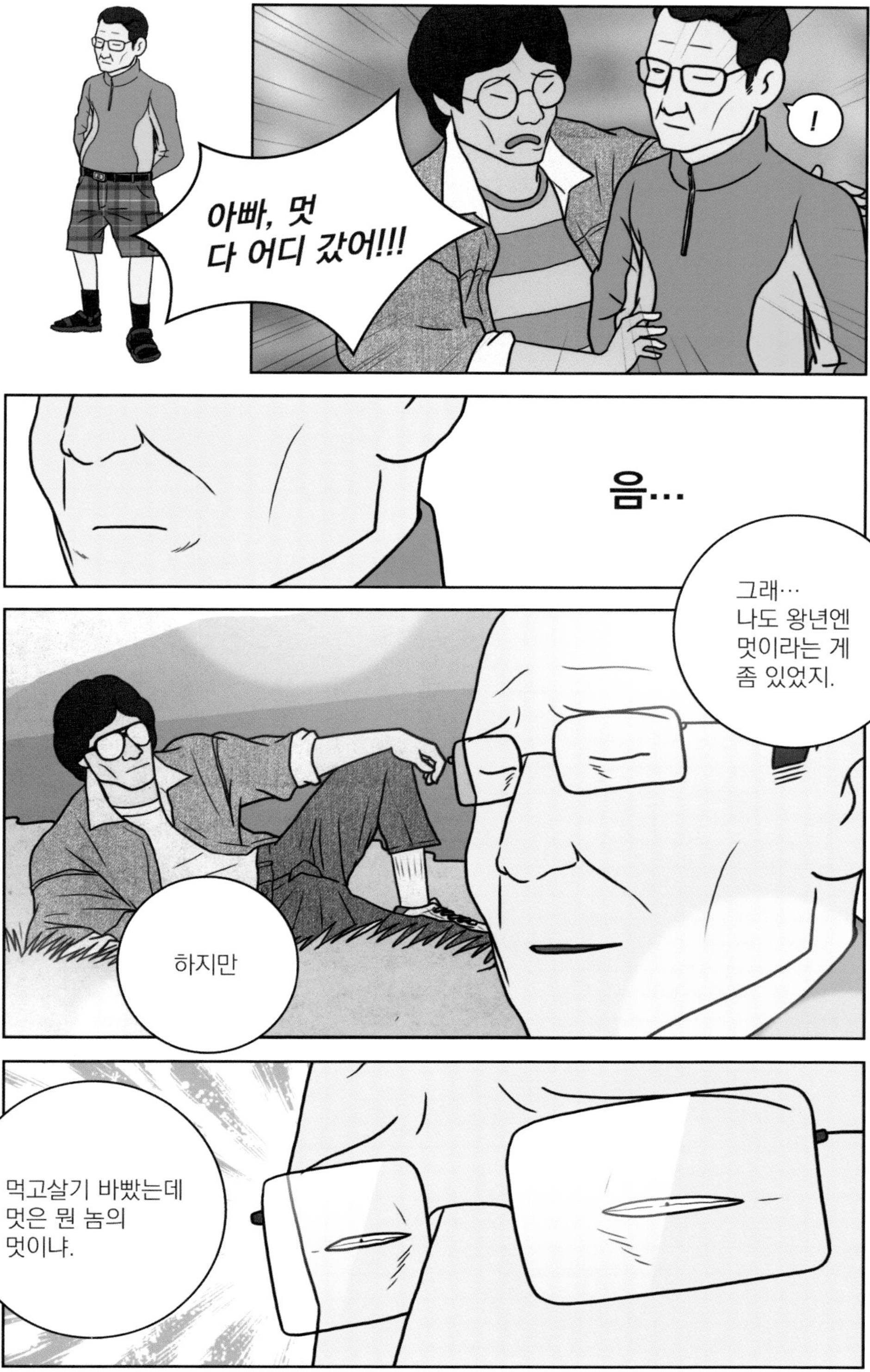

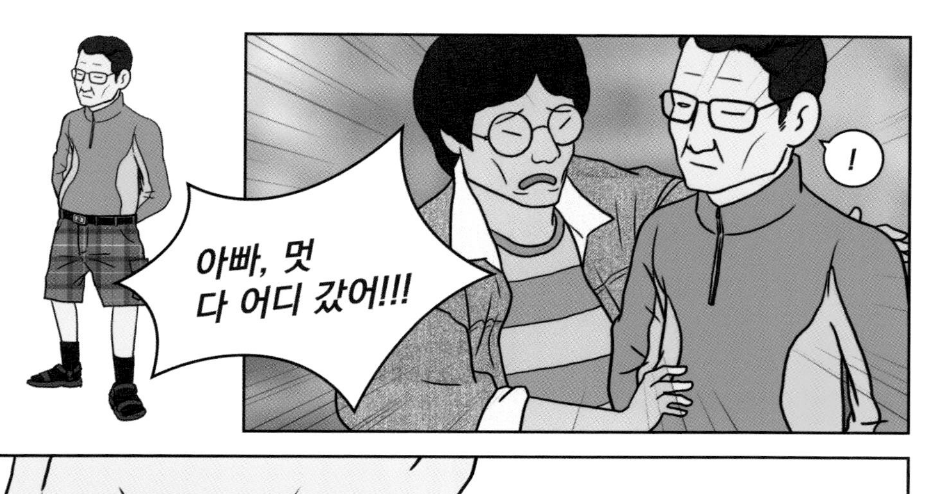
아빠, 멋
다 어디 갔어!!!
!

음…

그래…
나도 왕년엔
멋이라는 게
좀 있었지.

하지만

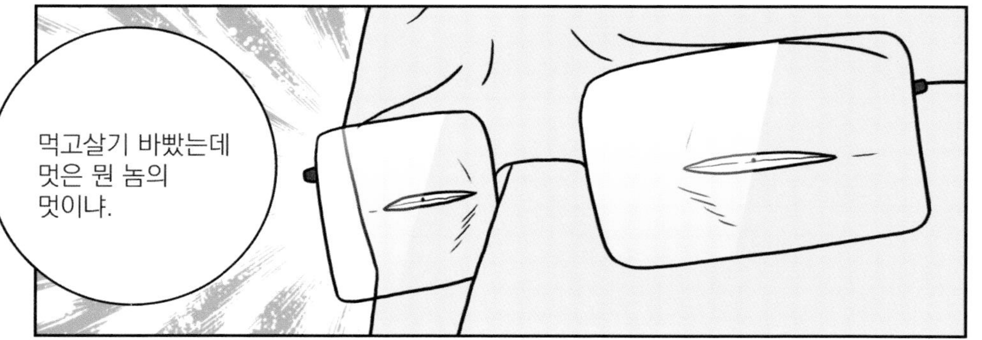
먹고살기 바빴는데
멋은 뭔 놈의
멋이냐.

그냥 편한 게
장땡이지.
그래도 양말에
샌들은 좀…

게다가
발가락 양말은
좀…

창식이, 너
요즘에 멋 좀
부리고 다닌다고
아빠 무시하는 거니?

후훗…
그래도 아직
보는 눈은
살아계시는
군요.

근데…
뭔가
2% 부족한데…

그래!!!!
창식아 집에 가자!!!

이게
어딨더라…

이 양반이
뭘 또 어질러!!!

여깄다!
창식아!!!

그래…
이거지, 완벽해!!

진짜 똑같네…
응??

내가
참 좋아했던
당신 모습…

경숙이…

창식 아빠…

아…

PC방이나
다녀올까…
후다닥!

저는 쓰고 있던
안경이 바뀌었고

아버지는
가지고 있던
생각이 바뀌셨어요.

다녀올껭~
응?
아버지
오늘 어디
중요한 데
가세요?

응?
출근하는
건데??

오잉??
늘 작업복 입고
출근하셨잖아요
???

다시,
멋 좀 부리려고
한다.

찬란했던 청춘은
흔적도 없이
사라지고…

남은 삶은 그저
덤이라고 생각하고
살았었지…
그런데

청춘이란 건
어느 누구에게나
찾아오고
어느 시간에서나
마주하는 것.
정팔이 (fmil****)

나, 다시
청춘인 것 같다.

아버지의 옷장엔
원래 두 벌의
양복이 있었어요.
신사이

어느 아웃렛에서
1+1로 구입한
경조사 때만
입는 양복.

신중히 소재와
색을 고르는
아버지의 들뜬
모습은

제가 동묘에서
이 청재킷을
발견했을 때
그 모습 같았어요.

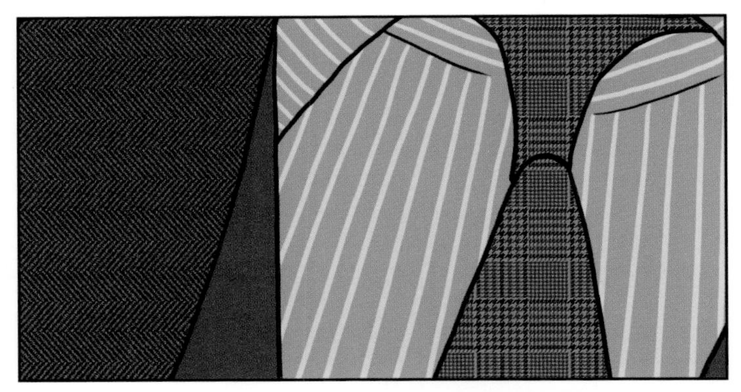

예쁜 옷자락에
꽃바람 싣고

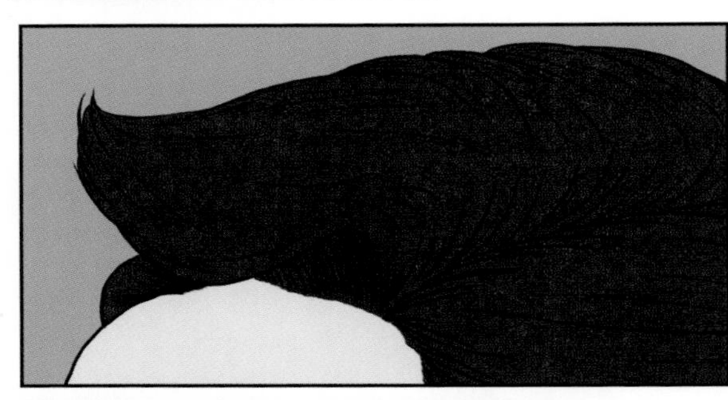

고운 머릿결엔
네잎 크로바

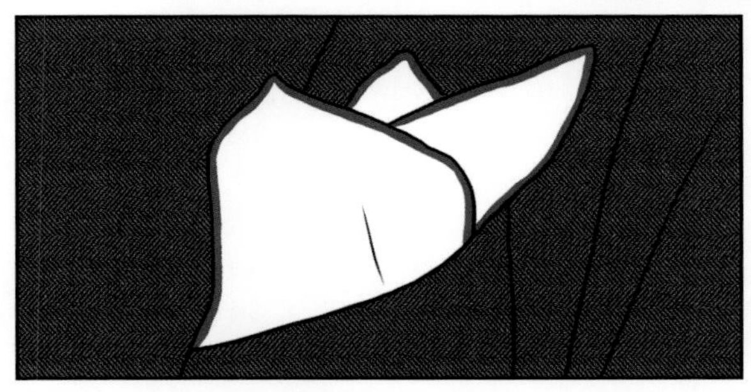

하얀 새하얀
가슴에 별 안고

아버지는 사실
여전히 멋있는 것을
좋아하시고

하고 싶은 것,
갖고 싶은 것도
많으셨어요.
단지…

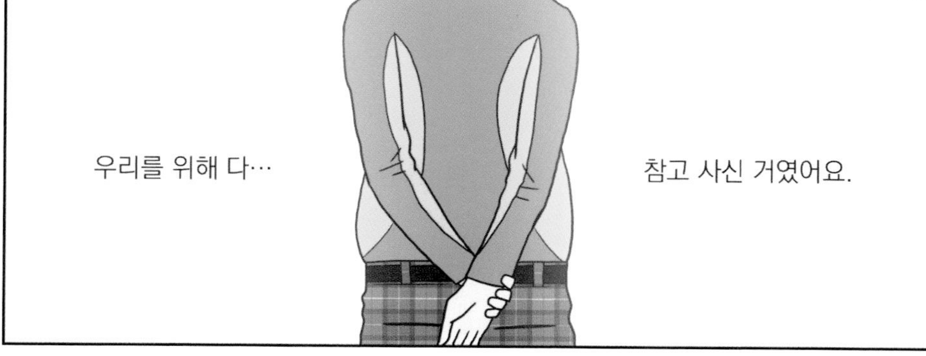
우리를 위해 다…
참고 사신 거였어요.

그래도
창식 씨 덕분에
아버님의 청춘이
다시 시작된 것처럼
보이는데요?

그렇게 말하기엔
저는 아무것도
한 게 없는데…

아버지가
소중히 간직해 온
귀한 것을 받기만
한걸요.

그걸 받아주었잖아요!!

당신의 청춘은
구석에서 먼지 쌓인
보잘것없는 게
아니라고

여전히 이렇게 빛나고 있다고,
창식 씨가 말해준 거예요.

어!!
아부지다!!!

기사님 저 내릴게요~
감사합니다!!

네, 가세요~
덕분에 음악
잘 들었습니다.

아부지!!!
어~ 인제
들어오냐~?
어!?
한잔하셨어??
기분 좋아서
한잔했지~
에… 치사하게…
그럼 편의점에서
맥주 딱 한 캔씩만
더 먹고 가실까??
그럼 네가
사는 거냐??
콜!!!
좋아!!!
아들이 사는 거
한번 먹어보자~
근데… 어차피
아빠 돈인데??
ㅋㅋㅋ
어… 어…
네 엄마한텐
비밀이다.

ACROSS THE UNIVERSE

Across The Universe

The Beatles

1970

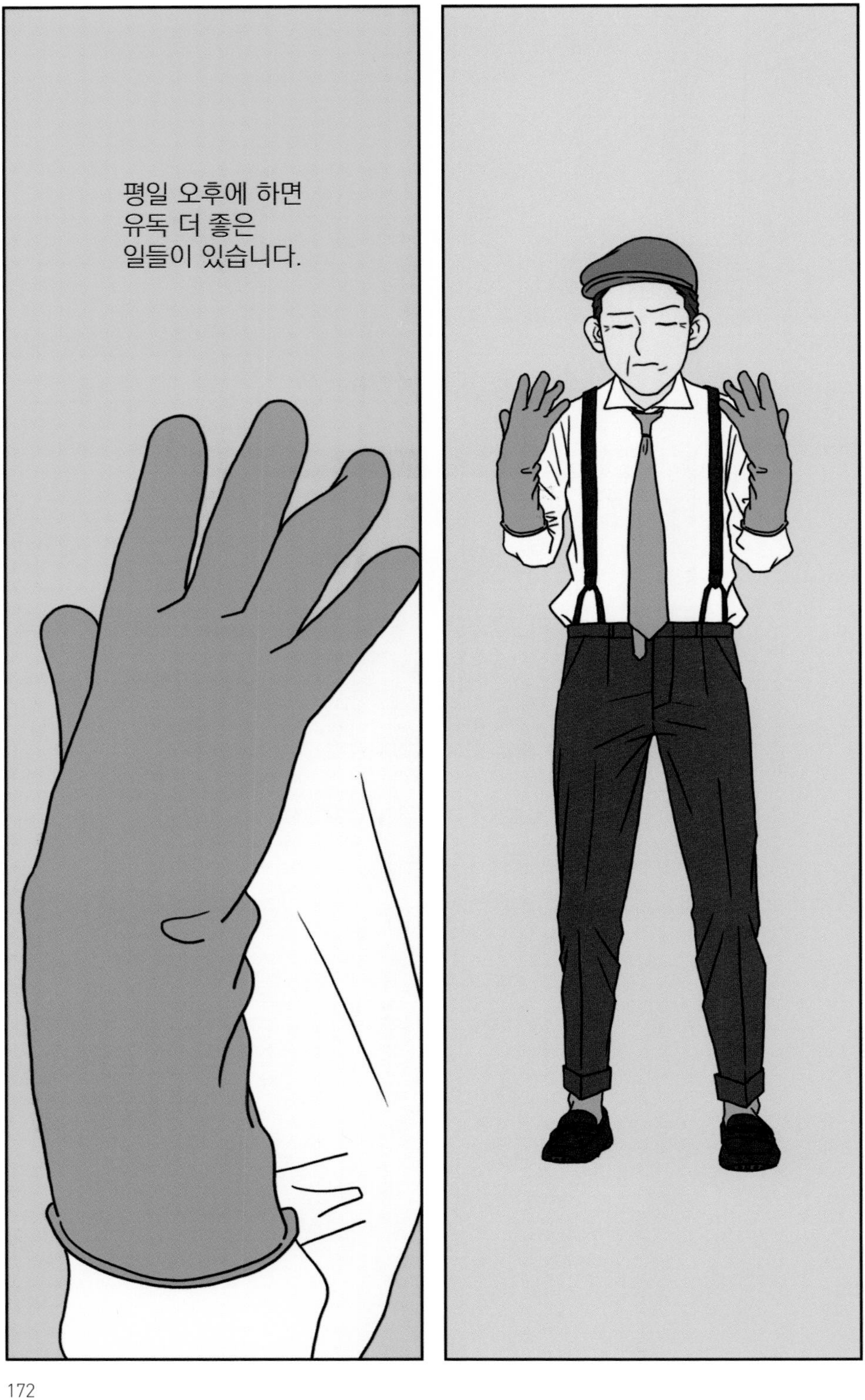

평일 오후에 하면
유독 더 좋은
일들이 있습니다.

쌓인 먼지를 씻어내며

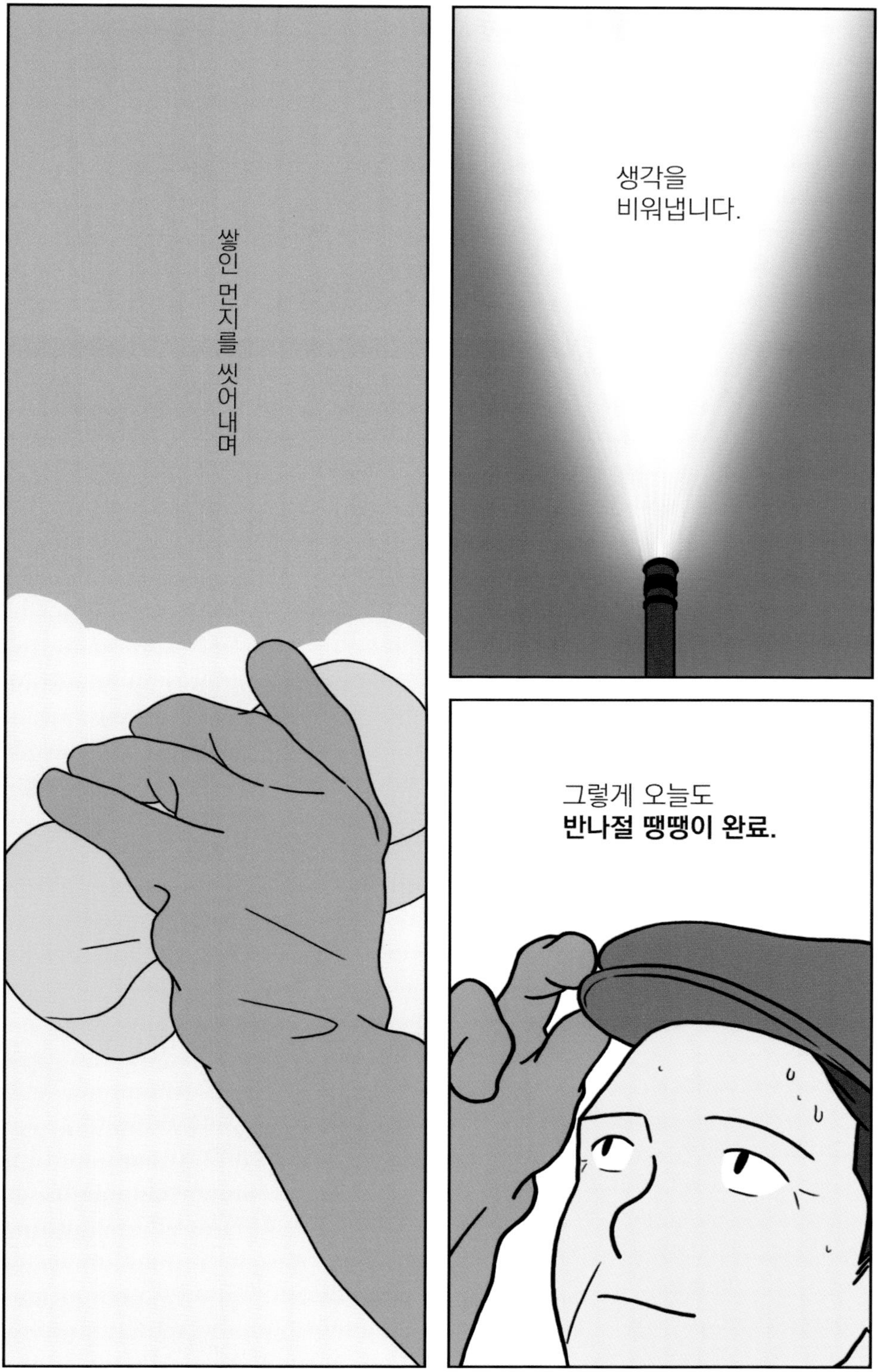

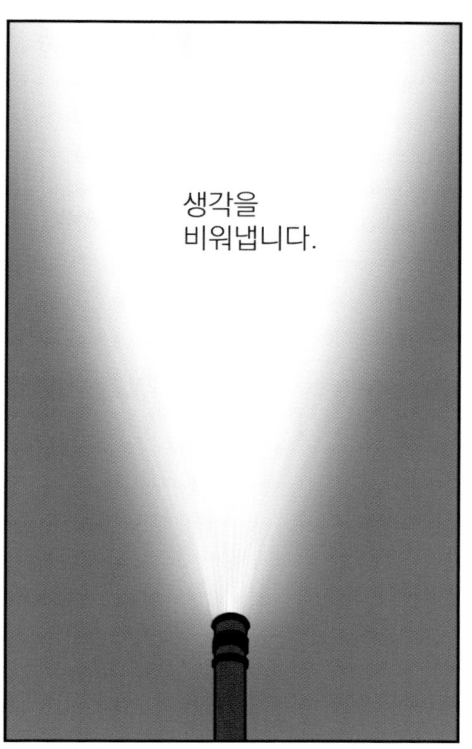
생각을
비워냅니다.

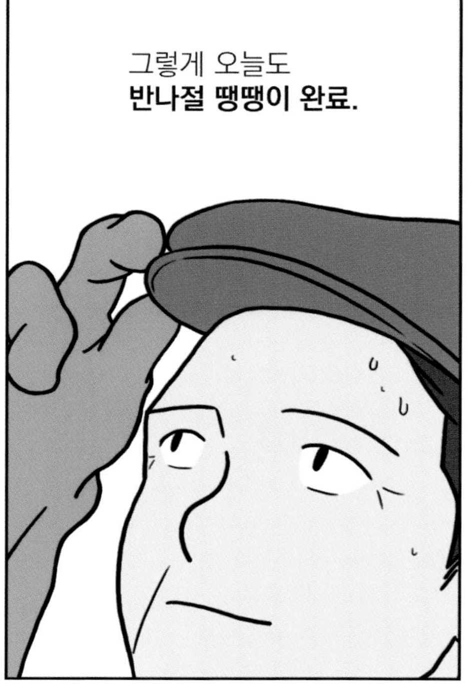
그렇게 오늘도
반나절 땡땡이 완료.

힘든 땡땡이를 달래줄
믹스커피 한잔하려는데
예약전화가 왔습니다.

따르릉~

여보세요.
네, 안녕하세요.

아, 오늘은
아드님만
타신다고요?
네, 알겠습니다.

왁자지껄
왁자지껄
깨끗하게 세차된 택시의
운 좋은 첫 손님은

임애진 씨의 아들
조홍래 군이었네요.
끼-익

안녕하세요!
쿵

안녕하세요~
오랜만이네요!

대치동으로
가시는 거죠?

홍대로
가고 싶은데

엄마에게
비밀로 해주실 수
있나요?

가만있어 보자
전화번호가…
턱
대치동!!
가면 되잖
아요!

대신 매번
어머님이 음악
고르셨으니
오늘은 홍래 군
듣고 싶은 음악
같이 들어요.

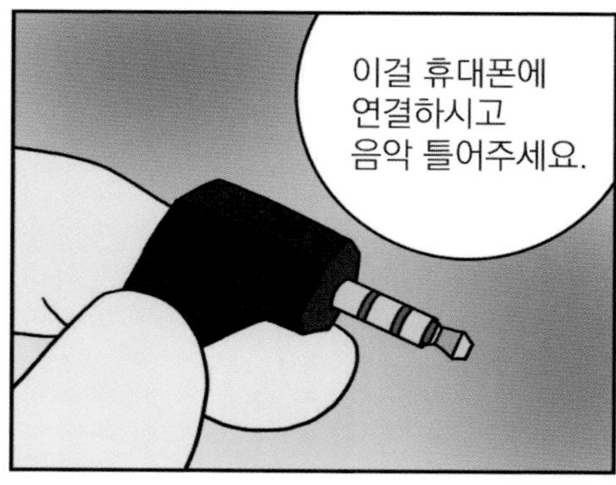
이걸 휴대폰에
연결하시고
음악 틀어주세요.

아! 잠시만요~
그거 말고

CD! 3번
틀어주세요.
LET IT BE
오!!
CD도 들어요?

아버지가 LP는
손도 못 대게
하시는데,

그래도 CD는 좀
관대하셔서요.

딸 - 칵

THE BEATLES

손대지
마시오

그냥 틀어주세요.
어떻게든 되겠지.
아빠
사랑해요

Words are flowing out like

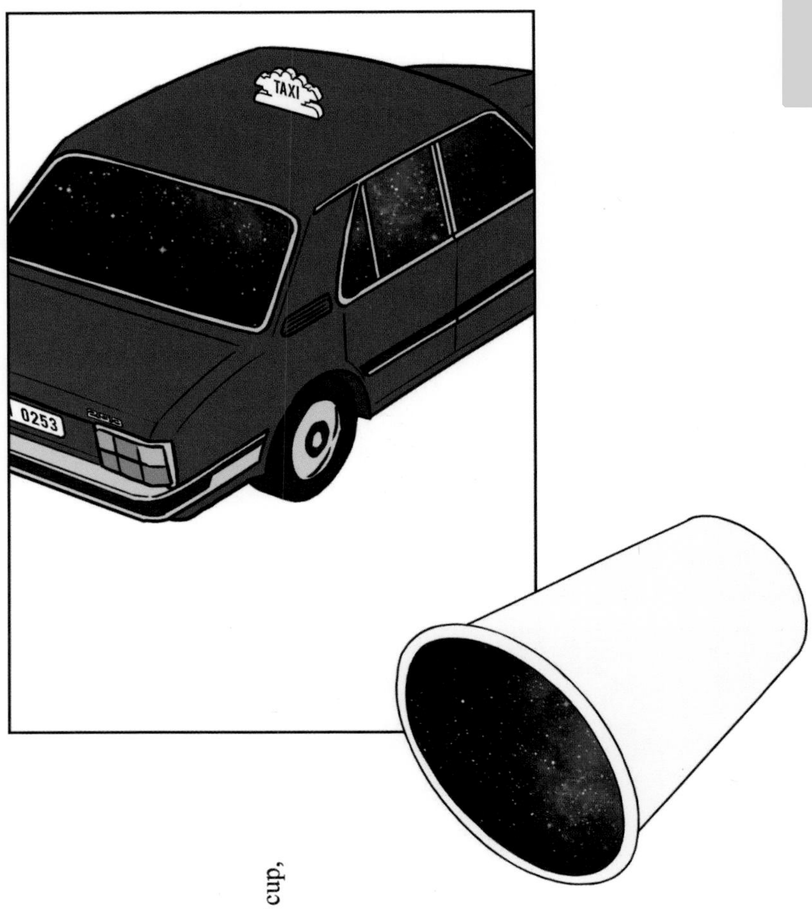

endless rain into a paper cup,

They slither while they pass,

ROYAL MAIL

they slip away across the universe

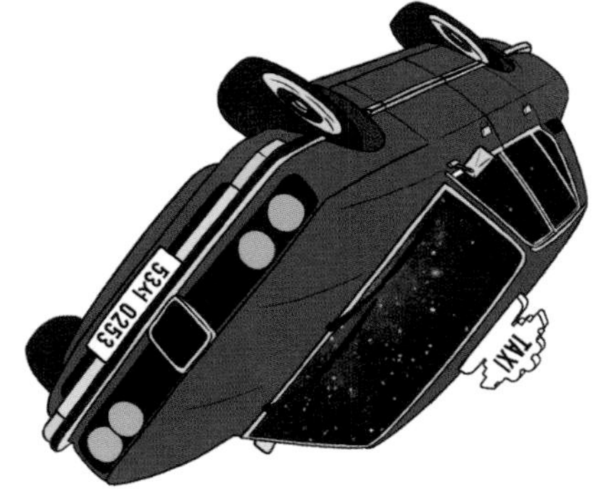
TAXI

오늘은 학원을
몇 군데나 가요?
오늘은…
지금 가는 데
하나요.

요즘 중학생들
학원 엄청 많이
다닌다고 해서
난 또 서너 개씩
다니는 줄 알았더니
다행이네요.

학원은
한 개고요,

과외 두 개.
그리고
스카이프 영어 하나.

뭘 그렇게
놀라세요.
오늘이 제일
적은 날인데
네에
?!?

그리고

주변 친구들
다들 이렇게
다니거든요.

끼-익

가끔 학원 가기
싫은 날도 있는데

친구들은 다
학원에 있으니까
같이 놀 친구도 없고.

아들
요새 힘들지?

아빠 학생 때는
그래도 다들
적당히 놀기도 하고

적당히 공부하는
분위기가 있었거든.

그런데 지금은
분위기가 또
다르니까…

엄마랑 아빠도
부모가 처음이라
어떻게 해야 할지
잘 모르겠어.

혹시 나중에
커서 하고 싶은 일
생기면 말해주고…

저 초등학교 땐
축구선수가
꿈이긴 했어요.

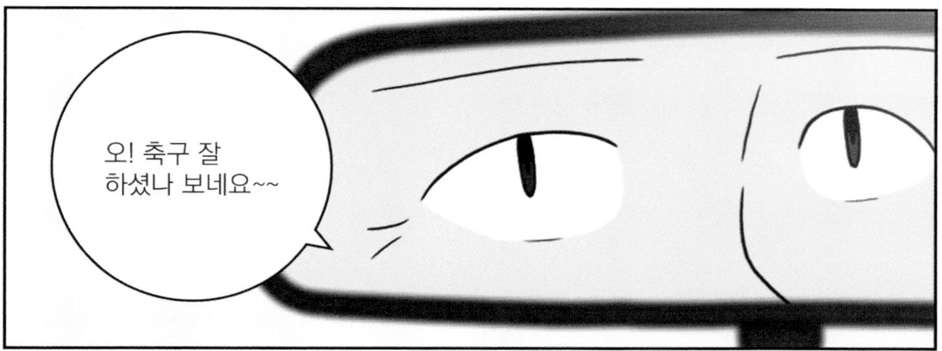
오! 축구 잘
하셨나 보네요~~

잘한 건
아니었고,
좋아했어요.

축구보다도
그냥 공을
세게 차는 게
그렇게 좋더라고요.

야,
트래핑을 해야지
뻥! 뻥! 차면
어떻게 하냐?

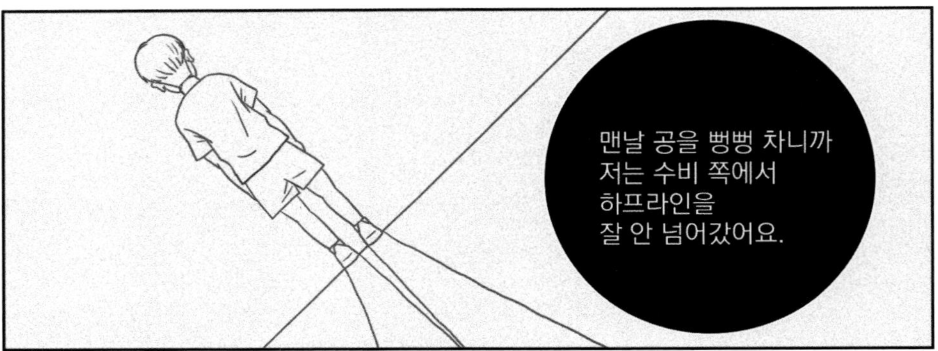
맨날 공을 뻥뻥 차니까
저는 수비 쪽에서
하프라인을
잘 안 넘어갔어요.

공이 넘어오길
기다리고, 누군가가
먼저 넘어와야
그때 저도
움직였어요.

그래서
축구선수는
포기했고
그 이후엔 누가
장래 희망을 물어보면
뭐라고 대답해야 할지
잘 모르겠어요.

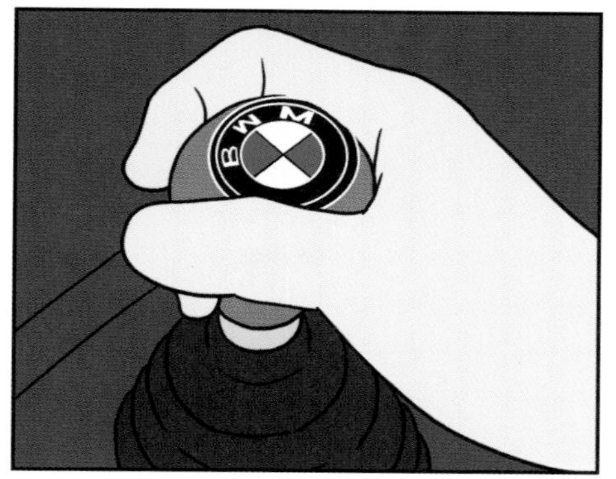

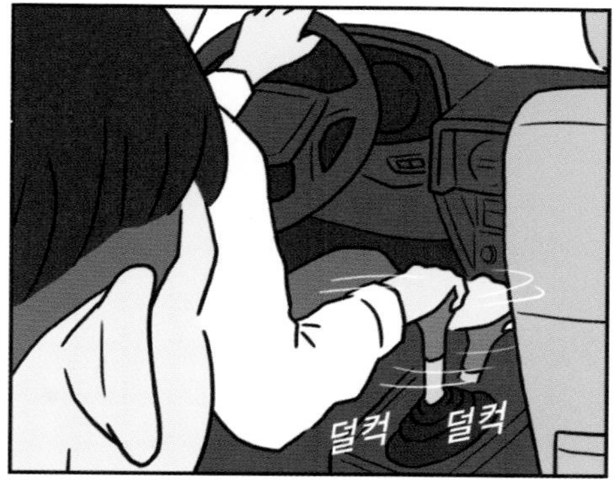
덜컥 덜컥

그런데 이거 왜 자꾸 조작하시는 거예요? 우리 아빠는 안 그러시던데??

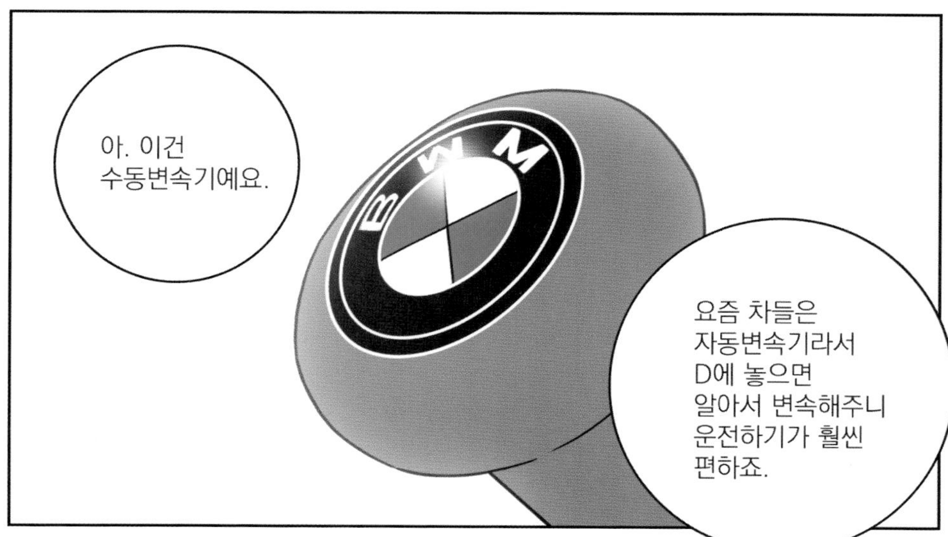
아. 이건 수동변속기예요.
요즘 차들은 자동변속기라서 D에 놓으면 알아서 변속해주니 운전하기가 훨씬 편하죠.

자동으로 운전하면
내가 지금 몇 단으로
가고 있는지, 언제쯤
다른 기어로 넘어가는지
잘 몰라요.

그런데 수동으로
운전하게 되면,
지금이 몇 단인지,
언제 변속해야 할지

온전히 스스로
결정해야 해요.

우리 인생이
그런 것처럼요.

그리고
왼발로는 클러치

오른발은
브레이크와 악셀
THE
BEATLES

왼손으로 핸들,
오른손은 기어
다 따로 써야 해요.

***링고 스타** (Ringo starr): 비틀스의 드러머

천천히
생각해봐도
될 것 같아요.

부모님도 천천히
기다려주고
계시잖아요.

내가 잘 할 수
있는 일이 뭔지
내가 하고 싶은
일이 뭔지

Nothing's gonna change my world,

하루 종일
음악 들으면서
할 수 있는
일이었으면 좋겠어요.

그래서
택시 운전
하고 싶어요,
저도.

이 시간엔
올림픽대로가
제법 밀리던데,

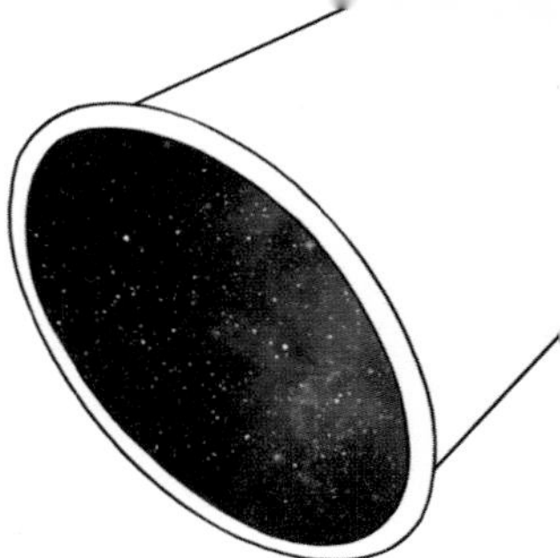

Nothing's gonna change my world,

올림픽대로로
갈까요?

Jai guru de va om

Jai guru de va om

STAY

STAY

전준규

1999

TAXI
Catch the flow

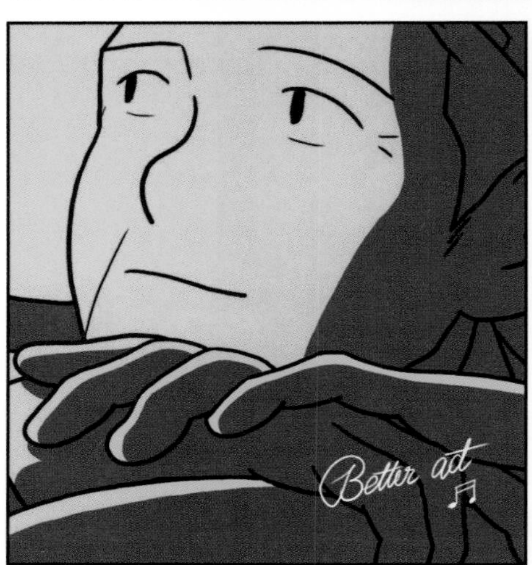
Better act

재승 씨가 타면
늘 길이 막히는
것 같은데…

기분 탓
인가요?
just catch
the flow

Show the People that you know ♪♫
일부러
막히는 길로
오신 거 같은데…

기분 탓
인가요?

기분 탓
입니다. ㅋ

오늘 마침
프로젝트 하나 끝나서
바쁜 일도 없는데,
천천히 가시죠 뭐~

네네~ 마침
그림자가 길어지는
시간이네요.
livin' in a world that's sure to go ♫

그나저나
이 음악 좋네요.
처음 들어보는
음악인데,
어떤 음악인가요?

〈EZ2DJ〉라고
아세요?

DJ 학원 같은
곳인가??
잘 모르겠는데요??

〈EZ2DJ〉는
게임이에요.
오락실에 있는
리듬 게임인데,
그 게임 OST예요.

와…
게임에 나오는
음악이라고는
상상도 못했어요!!

지금…
게임을
무시하시는
겁니까??

그런 뜻이 아니라,
너무 좋다는 뜻으로
말한 거죠~ 하하

하긴,
사실 저는…
이게 우리나라
게임이란 거
알고 놀랐어요.
하하하

지금…
우리나라를
무시하시는
겁니까??

헐… 바로
복수하시는
건가요?
끼-익

복수라뇨,
장난이죠.
ㅋㅋ

며칠 전에
일하다가
갑자기 생각이
났어요.
저도 모르게
흥얼거린 멜로디가
있었는데,
STAY
EZ2DJ THE 1ST TRAX OST
STAY
이 곡이었어요.

COOL!

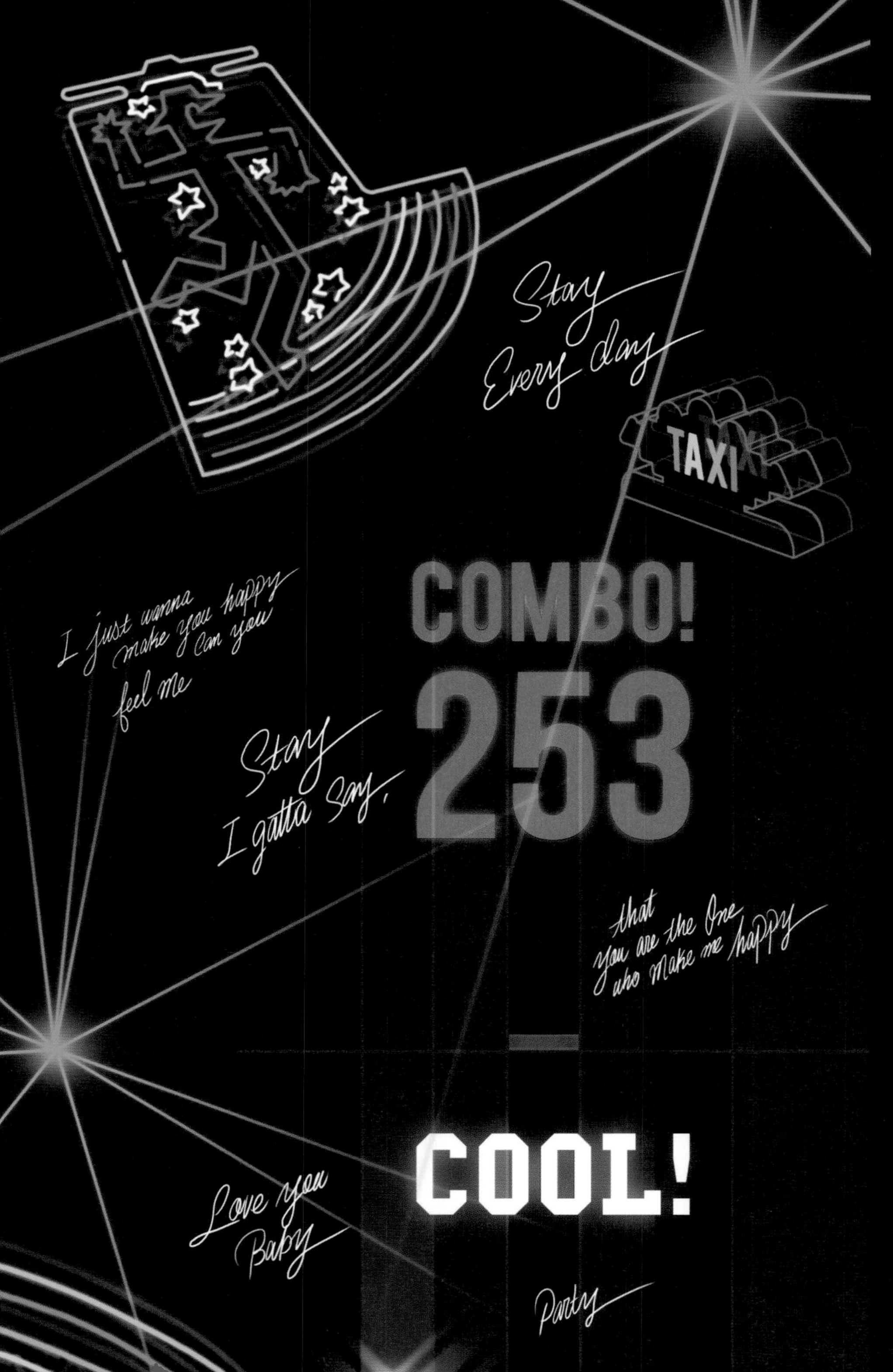
Stay
Every day
TAXI
COMBO!
253
I just wanna make you happy
Can you feel me
Stay
I gotta say,
that you are the One who make me happy
COOL!
Love you Baby
Party

오락실
제가 중학교 때는 아직 PC방이 생기기 전이었어요.
쾅!
탁! 탁!
그래서 방과 후 제일 인기 있는 곳은 오락실이었어요.
펑!
오오
탁! 탁!
그리고 오락실의 꽃은 역시…
16
TIGER
LEO
PERFECT!
오오
콰직!
격투 게임 이었죠!!!
잘한다

오오
잘한다
그리고 우리 동네는 제가 짱이었습니다. 후후후
탁! 탁!
야, 길 건너에 오락실 새로 생긴 데 가 봤어?
거기 잘하는 사람 진짜 많다던데?
수근수근
재보다 훨씬 잘할걸?
수근수근
그럼…
간단히 인사나 하러 가볼까?

거기
잘하는 사람
진짜 많다던데…
고등학교 형들도
많이 오고…
후후후,
내겐 253가지
압삽이가 있다.
괜찮겠어??
조심해;;
걱정마슈~
그럼 어디…
두둑!
실력 좀
볼까?
두둑!
선 수 입 장

달그락
Party
Stay
I just wanna make you happy Can you feel me

Stay

YOU LOS

!

쾅!

아하하하하
졌다, 졌어.
잘한다 저 사람.

재승아…

턱

네가
못 한 거
같아

그날 집에
돌아가서도…

Stay
Every day
다음 날
학교에서도…

멜로디가
환청처럼 들렸고
그녀 모습만
눈에 아른거렸어요.
벌떡!
잠을 자봐도
10분밖에
안 지났고
낙서를 해봐도
10분밖에
안 지났고…
죽 어
느릿느릿
빨리 오락실로
달려가고 싶은데,
진짜 시간이 너무나
안 가더라고요.

딩-동
뎅-동
학교가 끝나자마자 축지법의 속도로 오락실에 갔어요.
안절
부절
하지만 저는 너무 떨려서
한참을 문 앞에서 서성거리기만 했어요.
매일매일 엄청난 용기를 내야만
끼-익
간신히 오락실로 들어갈 수 있었죠.

어떤 날은 오락을 한 판도 안 한 날도 있었어요
테트리스를 하는 그 누나의 뒷모습만 보고 있어도 너무나 설렜어요.
아! 누나였어요?
네. 근처 여고 교복을 입고 있었거든요.
STAY
누나는 테트리스를 한참 하다가, 집에 가기 전에 〈EZ2DJ〉를 했어요.

그러면 저는 〈EZ2DJ〉가 가장 잘 보이는 〈절권〉 자리에 앉았어요.

후다닥-

명당자리를 계속 차지하기 위해서…

헤헤헤

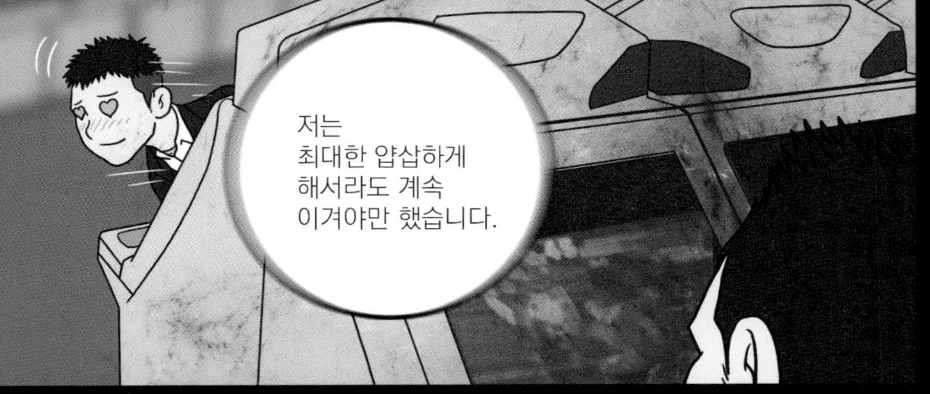

WINS 4

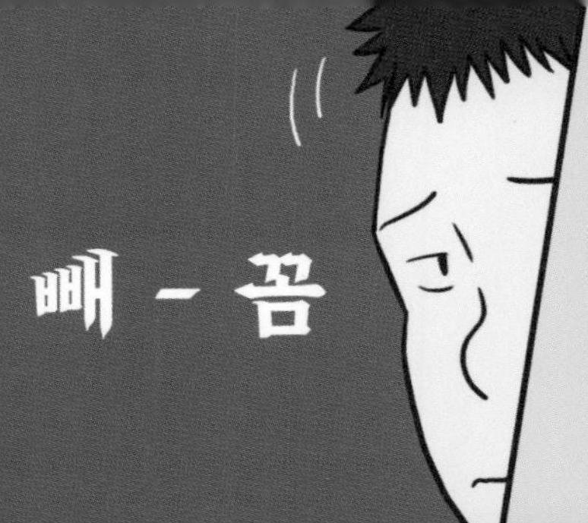
빼-꼼

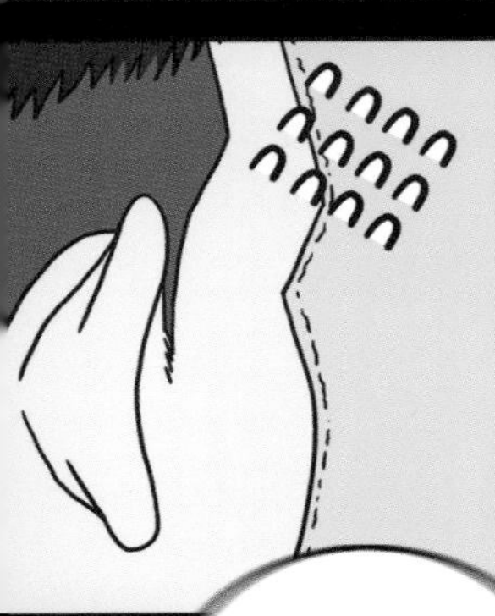

XX XX

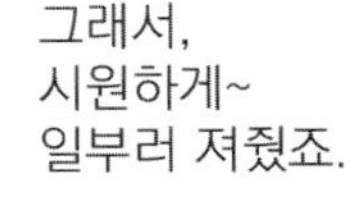
이대로 계속
이기다가는
큰일 나겠다
싫었어요.
그래서,
시원하게~
일부러 져줬죠.

앗! 졌다

쾅!

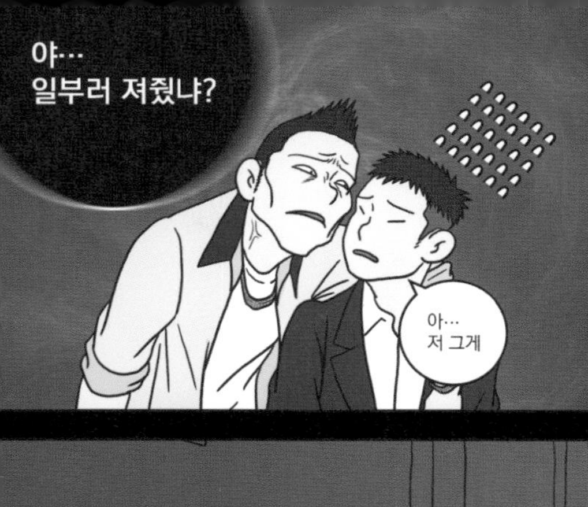
야…
일부러 져줬냐?
아…
저 그게

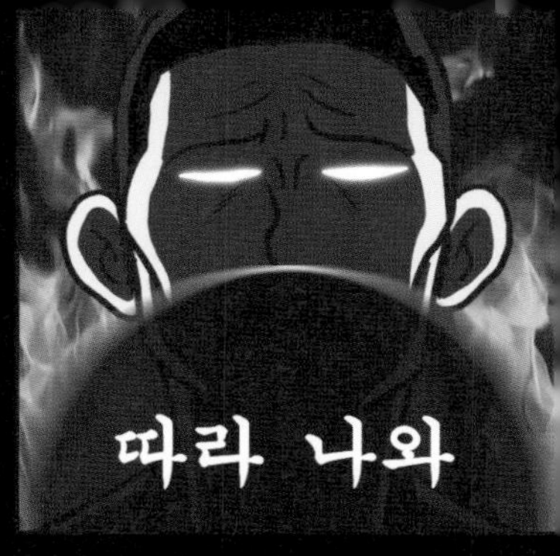
따라 나와

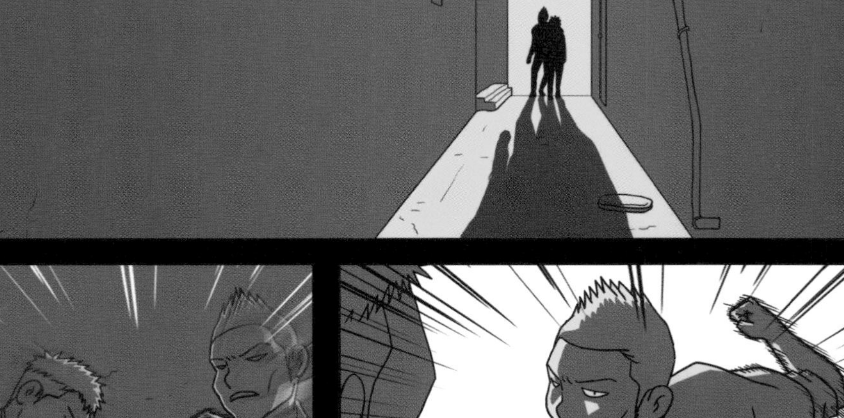

쾅!

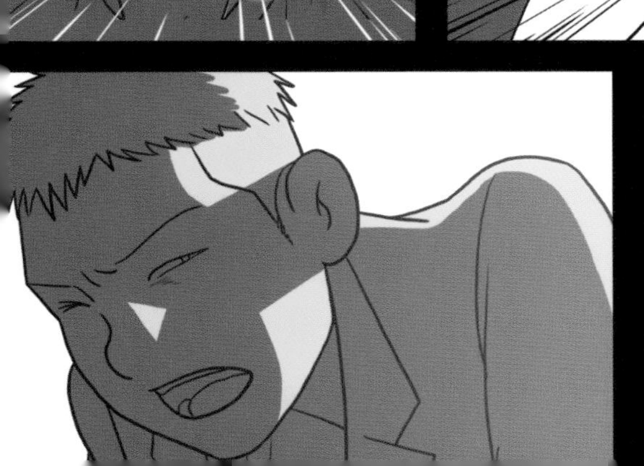

야…

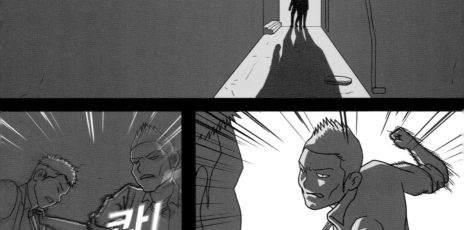

그만해

하… 오늘 뭐 이리
이벤트가 많아!!
넌 또
뭔데?
뭐긴…
사람이지.
아…
아…
!
!
오락 못하는 건
그렇다고 치자.

그런데
네가 못해서
져놓고,
고등학생이
중학생한테
바로 현피 뜨는 건
좀 그렇지 않니?
사탄 : 아, 이건 좀...
아 뭐래!!!
짜증 나게…
우리도
짜증 나거든?
IC!! 오늘 재수
더럽게 없네…

야…
너 앞으로
조심해라…
웬만하면 내 눈에
안 띄는 게
좋을 거다.
네…네
고… 고맙습니다.
맨입으로?

아 그럼…
차… 차라도
한잔…?
ㅋ
그럼 나중에
차 마실 나이 되면
그때 마시든가…
쌍팔년도 멘트를…
안녕. ㅋ
이름이라도
물어볼걸….

그 뒷모습이
마지막일 줄
누가 알았겠어요.
다음 날부터
누나는 오락실에
오지 않았어요.
여고 앞에서
며칠이나 기다려봤는데도
볼 수 없었어요.

제 첫사랑은
그렇게 프롤로그에서
끝나버렸고,
까맣게 잊고
살았었죠.
웅성 웅성
며칠 전 오락실
촬영 현장에
가기 전까지는요.

동시녹음입니다!!
조용히 해주세요~
웅성 웅성

FPS29.970
SHUTTER 180.0
EI800
WB5600CC
액션!!
BAT 15.5V
CLIPA003C013
REMAIN71MIN

Stay~

컷!!!
누가 노래 불러~?!!
앗!! 죄…
죄송합니다;;
기억이란 거,
참 신기하죠?
COOL!
어떤 향기에,
어떤 장면에,
때론 어떤 맛에,
COOL!

때로는
어떤 음악에
숨어있다가
한순간에 와르르
쏟아져 나와버리다니.
그 누나,
지금도 어느 오락실에서
〈EZ2DJ〉를 하고 있지
않을까요?

!

용오락실
어…!

마침 저기 오락실 보이는데, 세워드릴까요?

아뇨… 괜찮습니다, 그냥 가주세요.

이 음악을 들으면
다시 그 기분을
느낄 수 있으니까
용오락실
TAXI
53서 0253
Stay
I gotta Say,
그걸로
충분합니다.

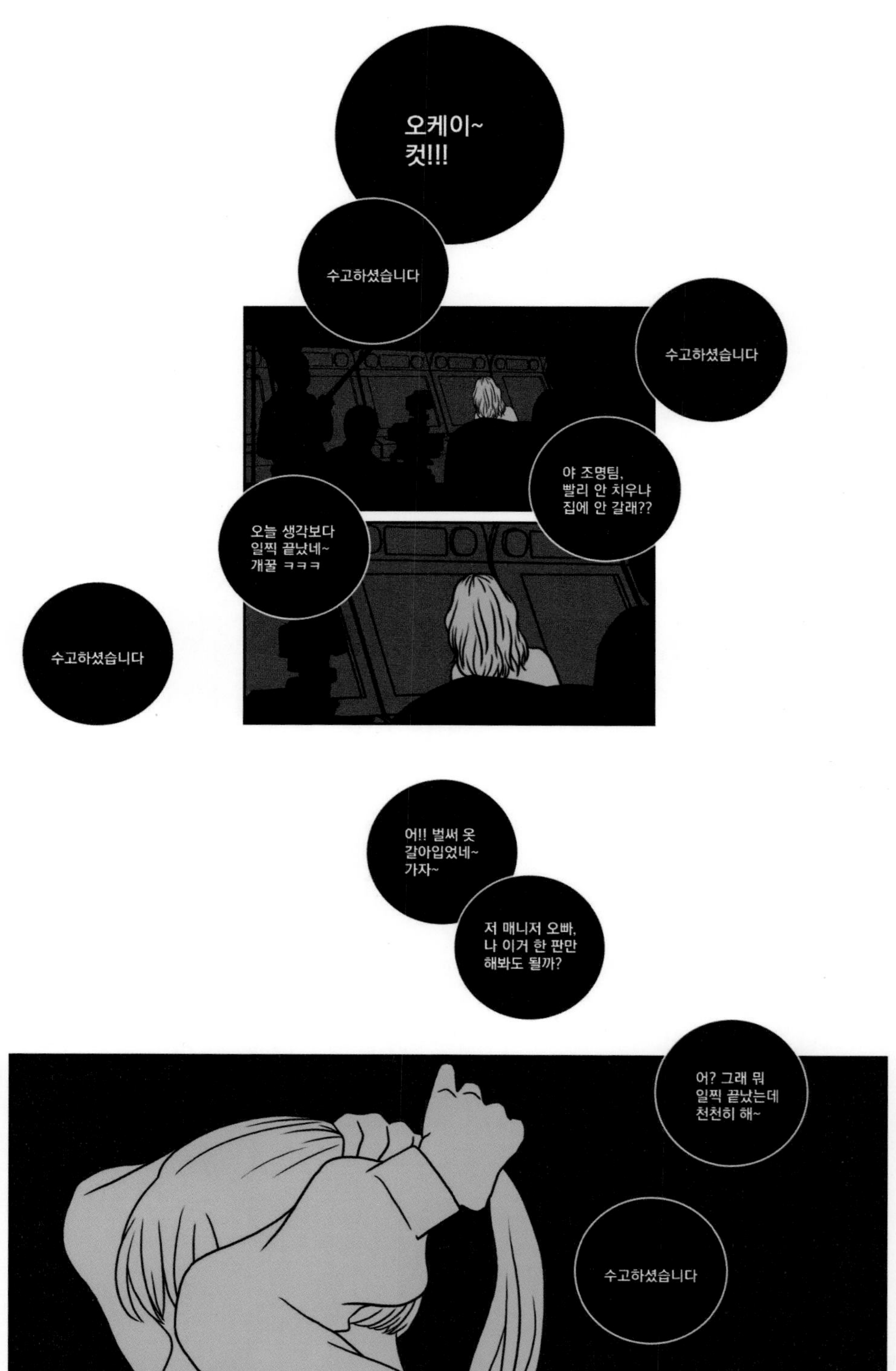

오케이~
컷!!!
수고하셨습니다
수고하셨습니다
야 조명팀,
빨리 안 치우냐
집에 안 갈래??
오늘 생각보다
일찍 끝났네~
개꿀 ㅋㅋㅋ
수고하셨습니다
어!! 벌써 옷
갈아입었네~
가자~
저 매니저 오빠,
나 이거 한 판만
해봐도 될까?
어? 그래 뭐
일찍 끝났는데
천천히 해~
수고하셨습니다

STAY

마음은 노을이 되어

마음은 노을이 되어

루시드 폴(feat. 전제덕)

2007

XYLITOL

핀란드 사람들은
자기 전에
자일리톨을 씹습니다.

그럼
자일리톨을
씹었으니

저도 한숨
자야겠습니다.

어!!?!
돼지!!!!!
돼지!!?!
따르릉~
…
내 돼지꿈…
따르릉~
따르릉~
일이나
하자~

사...
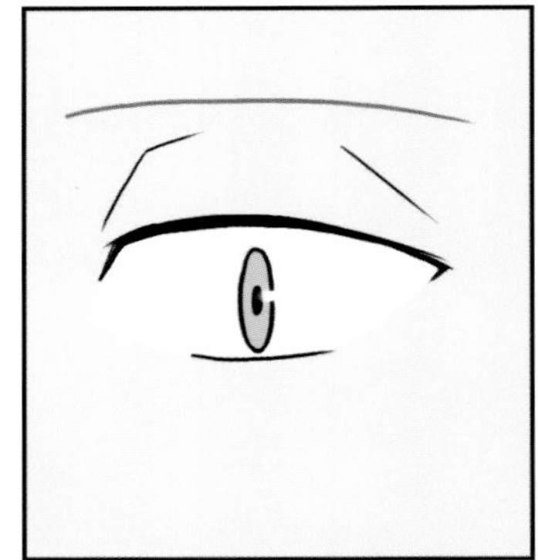

넘...

롱 타임
노 씨~

Um..

아이, 기사님
뭐~더는
거여유~?
한국말로
하셔유~우.

아직도
잘 적응이
안 되네요;;
하하

구수하게 충청도
사투리를 쓰는 이 남자는

자일리톨과 헤비메탈의 나라
핀란드에서 온 교환학생
티모 씨입니다.

외국어 가장 빨리 배우는 법 :
현지인과
연애를 해라
현지인과
연애를 해라
"먹고, 말하고, 사랑하라"
사랑하는 만큼 외국어가 빨리 늘 수 있습니다
Cobra
Pasta
별거 없슈~
걍 연애만 했는디
막 늘었슈. ㅎㅎ

12월 (토)
2:53
야는 왜케
안 온댜~

뭐여~
왜 인제
오는겨~

째릿!

뭐가 이렇게
급햐~
그렇게 급하면
어제 만나자고
허지 그랬어~

야가
충청도 사투리가
음~청 심해서
입에 붙어버렸슈.

정겹고 좋죠 뭐.
식당 이모님들이
좋아하실 듯. ㅋㅋ
맞아유.
써비스도 많이
주시고 그라쥬. ㅎ

그럼, 출발합니다~
오늘도 핀란드
헤비메탈 메들리
부탁드려요!!!

오늘은
헤비메탈 말고
다른 거 들을
건디유??
사람이 어떻게
밥만 먹고살아유~
가끔 라면도 먹고
빵도 먹고 해야쥬.

데다나다
헐;;;
그런 표현은 또
어디서 배우셨어요.

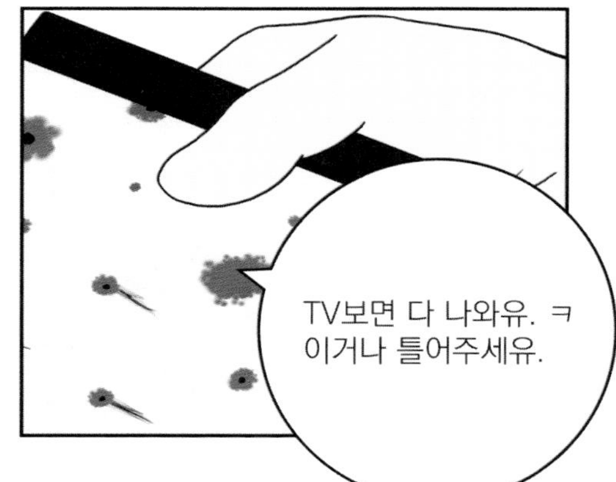
TV보면 다 나와유. ㅋ
이거나 틀어주세유.

여느 때처럼 춥던 오후

전화기너머

들리던 서울의 밤
53서 0253

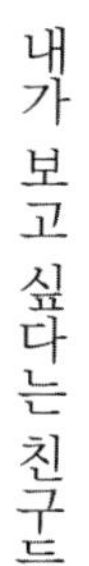

내가 보고 싶다는 친구들

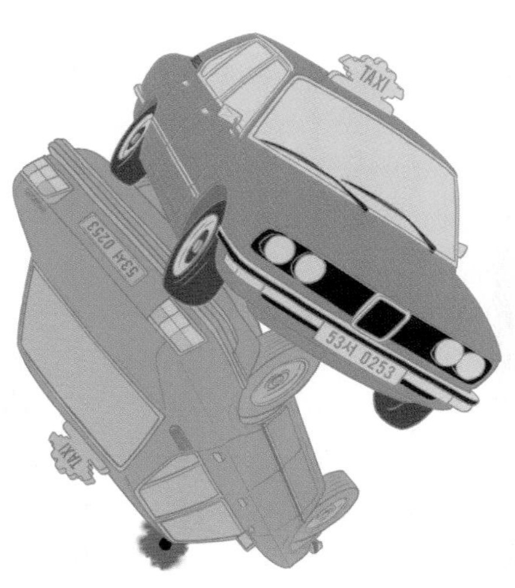

너무 고마워

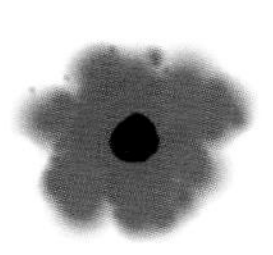

헤비메탈만
들으시는 줄
알았더니,
[루시드 폴] 음악을
다 들으시네요. ㅎㅎ

며칠 전에
처음 들었는데
가사가 참 좋더라고요.

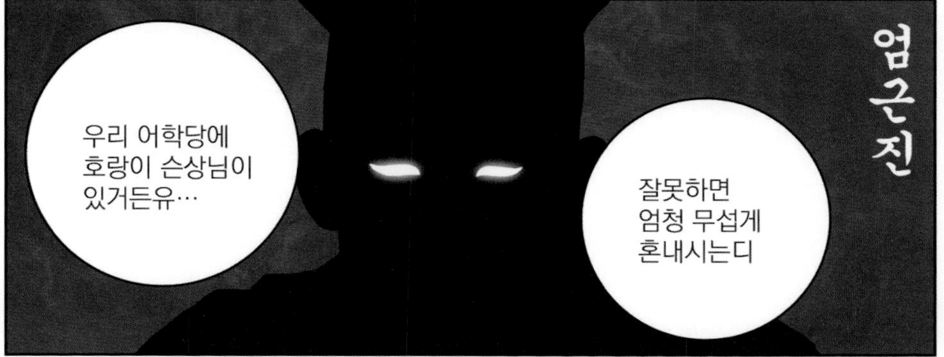
엄근진
우리 어학당에
호랑이 슨상님이
있거든유…
잘못하면
엄청 무섭게
혼내시는디

알고 보면 츤데레
스타일이라
엄청 챙겨줘유.

우리 어학당에서
티모 씨가
한국말 실력 1등
입니다!! 허허허

근데…

표준말은
꼴찌입니다.
사투리만 짱임…

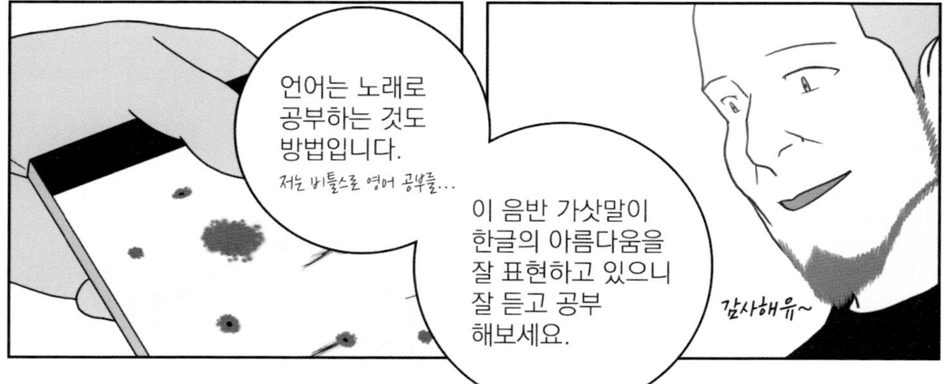
언어는 노래로
공부하는 것도
방법입니다.
저는 비틀스로 영어 공부를…
이 음반 가삿말이
한글의 아름다움을
잘 표현하고 있으니
잘 듣고 공부
해보세요.
감사해유~

하루하루 쌓인
그리움 모두 녹여 노래에 실으면

나의 사랑스런 친구들

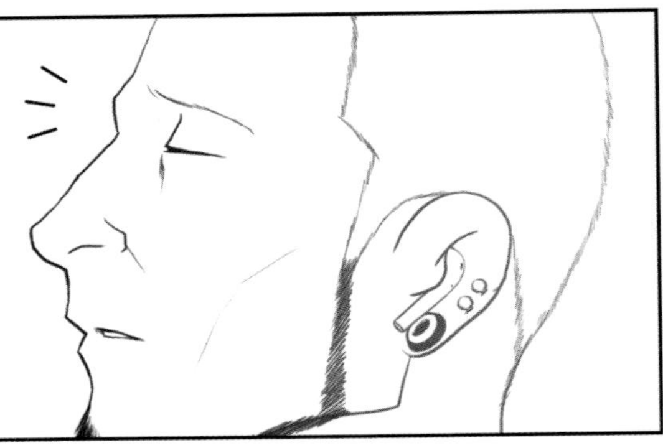
모시에 **쪽빛**이 스미듯이
내게 스며들겠지

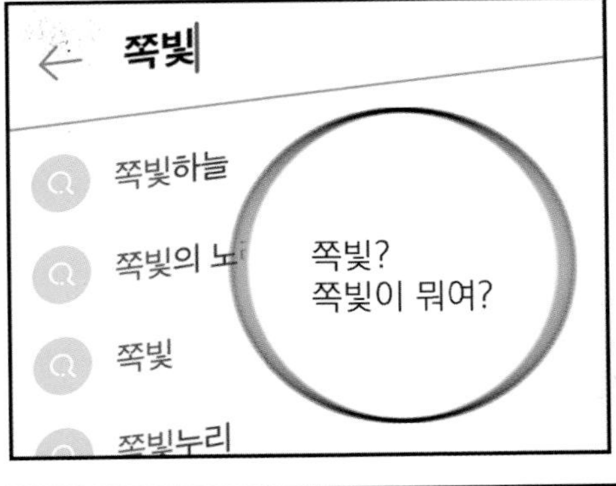
쪽빛
쪽빛하늘
쪽빛의 노
쪽빛
쪽빛누리
쪽빛?
쪽빛이 뭐여?

쪽빛은
람은 푸른빛을
뜻하
쪽빛은 쪽이라는
식물
천연염료로
물들
수 있다. [영] indigo
(blue)
인디고블루구먼…
예쁘다… 쪽빛.

푸르죽죽하다
푸르뎅뎅하다
세종대왕님,
정답을 알려줘~
푸르스름하다
시퍼렇다
근데…
이건 무슨
파랑이라는
거여…

"한글의 아름다움을 잘 표현했다"

- 호랑이 선생님 -

한글의
아름다움을
잘 표현했다.

…라는
손상님 말씀이
어떤 의미인지
조금은 알겠더라고유.

냉각된 가을

혼자 남은 타향의
읊조리는 겨울

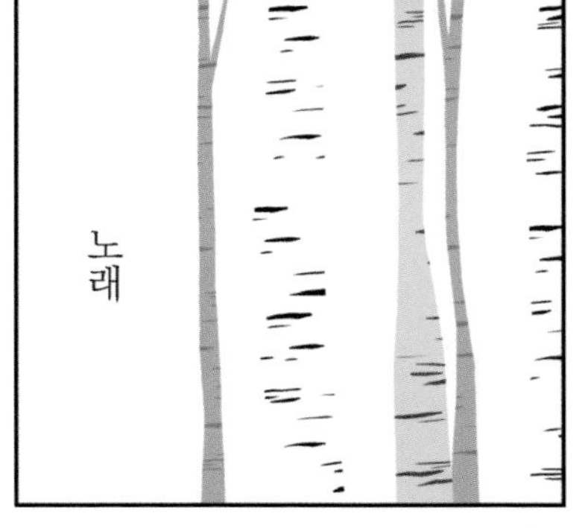
노래

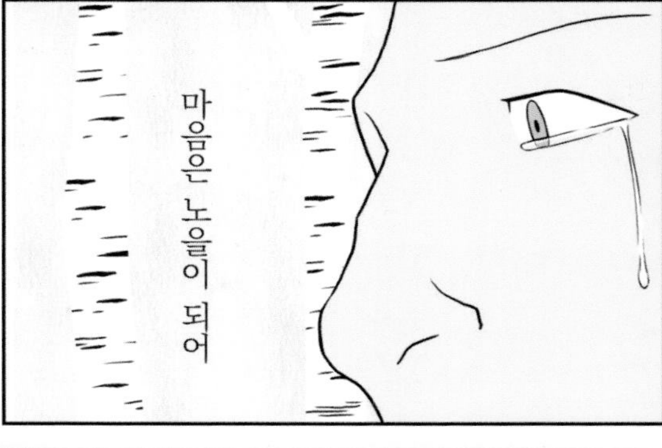
마음은 노을이 되어

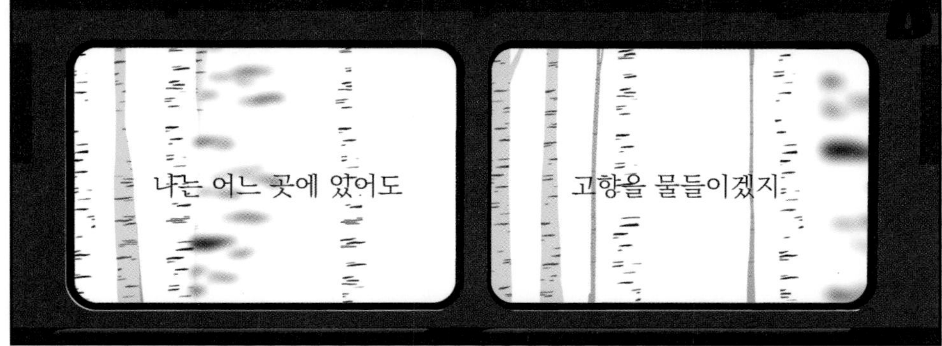
나는 어느 곳에 있어도
고향을 물들이겠지

공부하려고
듣기 시작한
음악이었는데
저는 그만
고향 생각이
나부렀어유.
여자친구도
있고…
한국말도 잘혀서
지내는 것은
큰 문제도 없고
잘하고 있다고,
잘하고 있다고
생각했는디…
이 노래를
듣고 나니
마음 한구석에
엉성하게 가려놓았던
커다란 구멍이
선명히 드러났어유.

ㅇㅇ
조심히 댕겨와~
밥 잘 챙겨
묵고 있어~

위 - 이 - 잉
위 - 이 - 잉

올해 달력 위 붉은 글씨

모두가
고향으로 떠나버린
서울 거리는
추석이 와도 약해지지 않으려 해

마치 유령도시
같았슈.
나는 좀 더 강해지고 싶어

추석 쉽니다
심지어
24시간 언제나
저를 반겨주던

김밥헤븐
김밥헤븐도
문을 닫았어유.
모든 메뉴를 포장해 드립니다
추석 쉽니다

발걸음 닿는 대로
마냥 걷다가, 마치 홀린 듯이

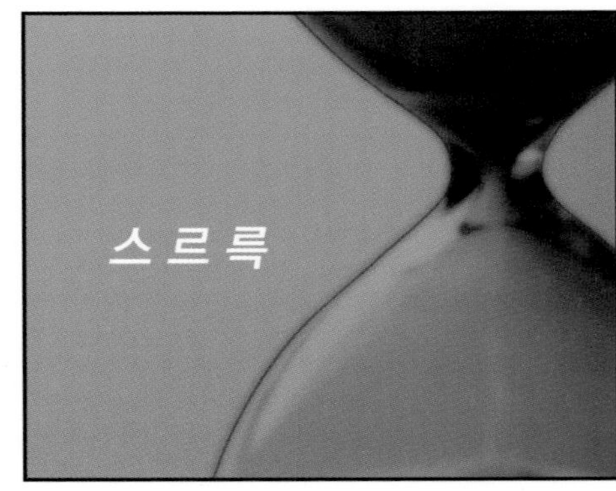

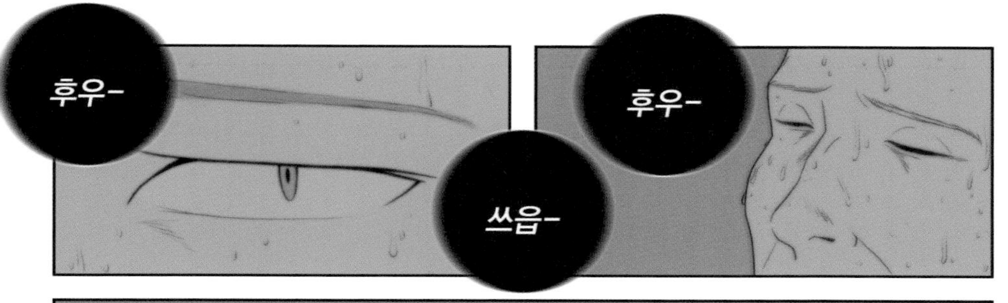
후우-
쓰읍-
후우-

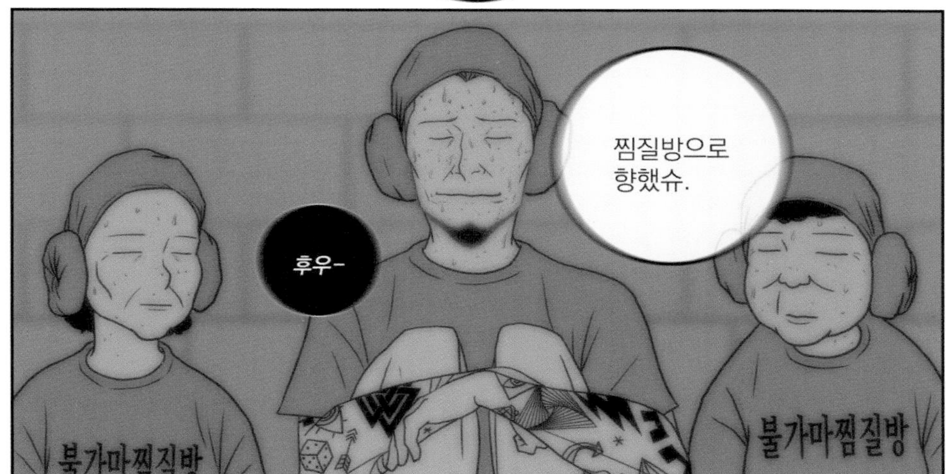
찜질방으로
향했슈.
후우-
불가마찜직방
불가마찜질방

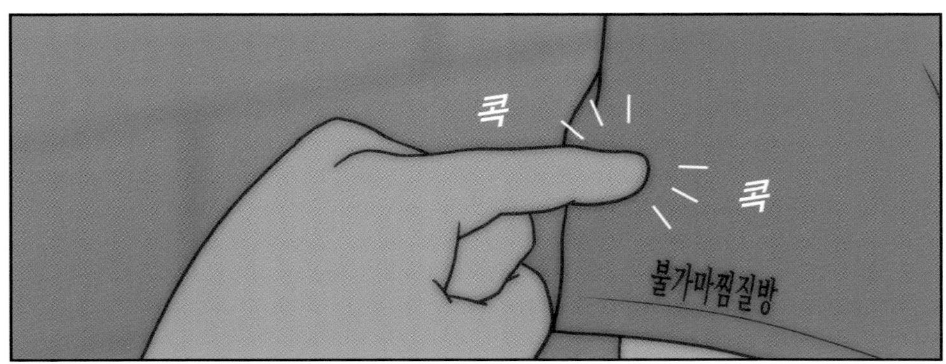
콕
콕
불가마찜질방

여기
베리 핫!?
핫?!
유!!
오케이??

괜찮아유~
따뜻하고
딱 좋은 디유?

옴마~
사우나 하는 것도
신기한데, 한국말도
엄청 잘하네~
유 프롬 웨얼?

?
?
엄니들,
〈사우나〉가
어느 나라 말인지
아세유??
불가마찜질방
불가마찜질방

미국 말
아닌가?
영국 말
인가?
불가마찜질방

땡!
핀란드 말
이에유.
핀란드 사람들은
숨 쉬듯이
사우나 하거든유.

그래서 가끔…
고향 생각나면
이렇게 한 번씩 와유.

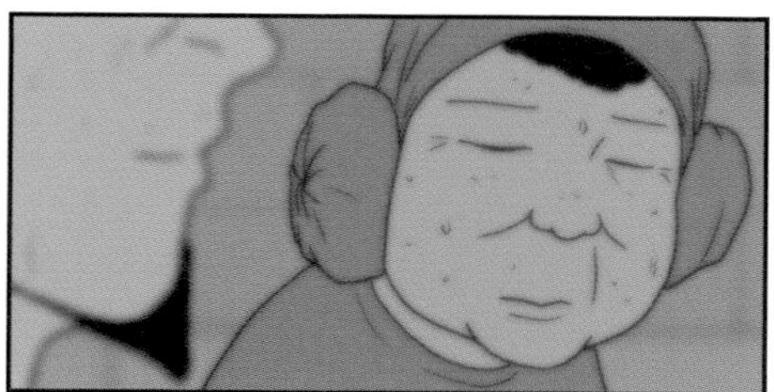

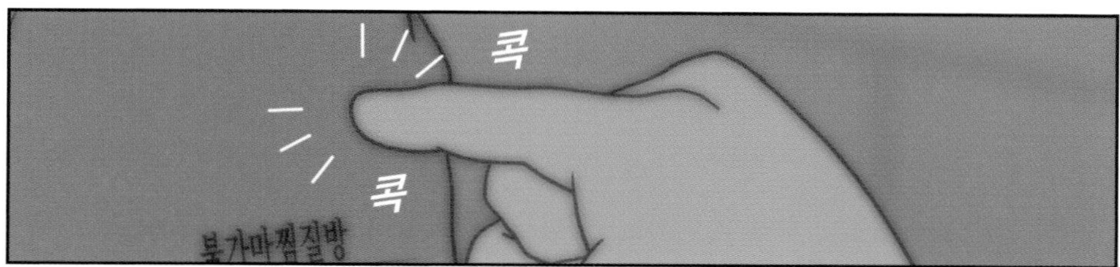
콕
콕
불가마찜질방

스윽

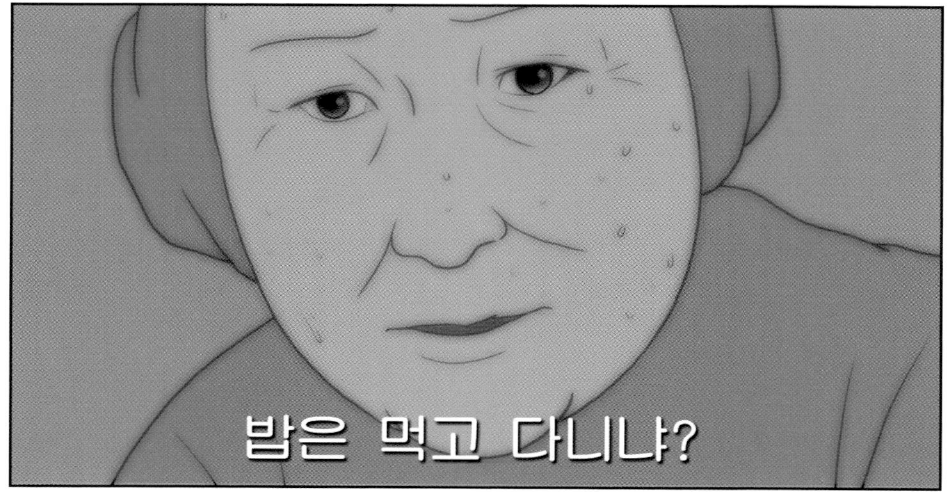
밥은 먹고 다니냐?

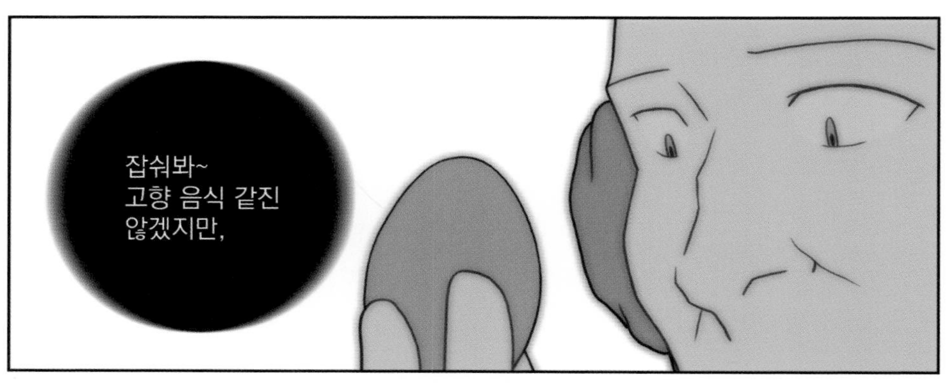
잡숴봐~
고향 음식 같진
않겠지만,

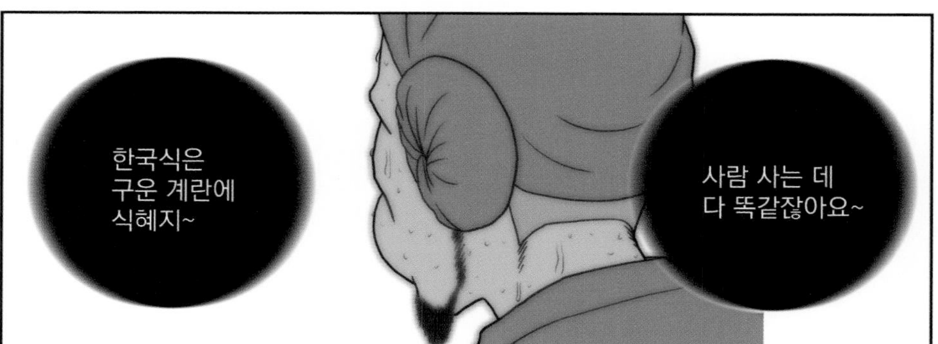
한국식은
구운 계란에
식혜지~
사람 사는 데
다 똑같잖아요~

이제 한국도
고향이려니~
생각하쇼.

눈에서
땀이 나네~
허허
지는 인자 슬슬
나가야겠네유~
아휴~ 덥네.

아주머니가 주신
구운 계란에서
연어 수프 맛이
났어유.

정확히 말하자면
연어 수프를 먹은
느낌이 났슈.

무슨 부귀영화를
누리겠다고 이역만리
타향까지 와서
뭐 허고 있는 걸까…

온통 부정적인
생각으로
가득했었는디,
구운 계란 덕분에
오길 정말 잘했다는
생각이 들었슈.

저 원래 연어
별로 안 좋아하는데
연어 수프는
맛있더라고요.

어?!

연어 수프를
드셔 보셨슈??
!
가끔 점심 먹으러
가는 곳에서 팔던데…

거… 거기
어디유????
지금 당장
거기로 가주셔유
!!!!!!

연어 수프
먹고 싶어서
맨날 엄청 찾았는디
핀란드 음식하는 데가
없었거든유.

검색하면
순 고양이 먹이만
나와서…

그거라도 먹을까…
심각하게 고민
했었는디…

다 왔습니다.
여기예요.

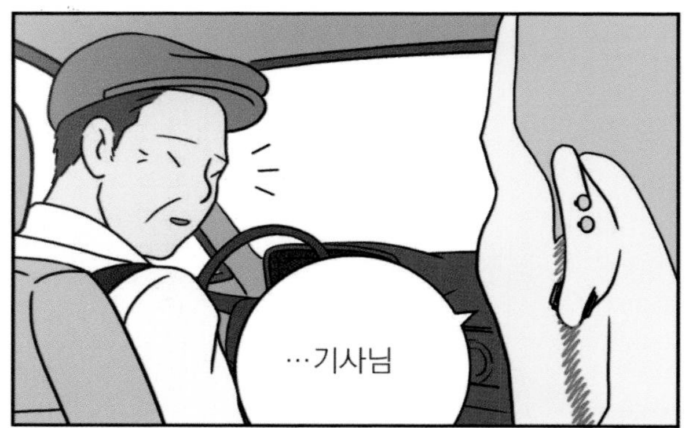

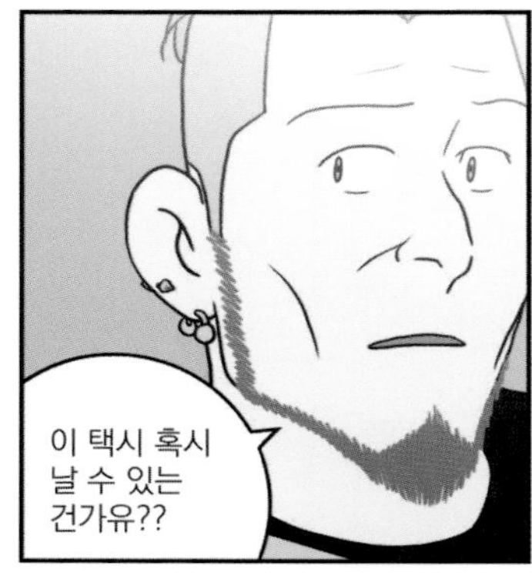

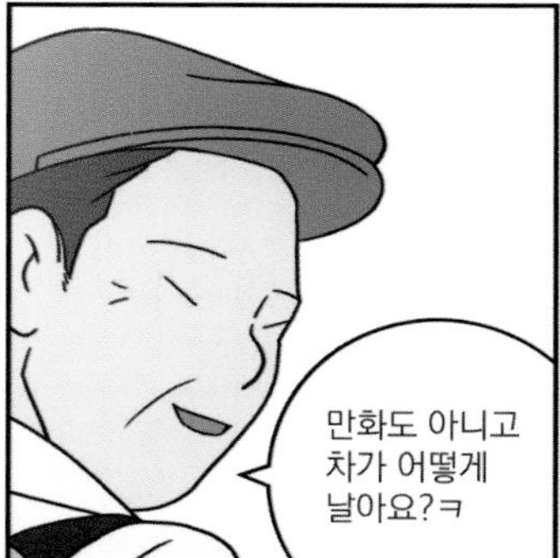

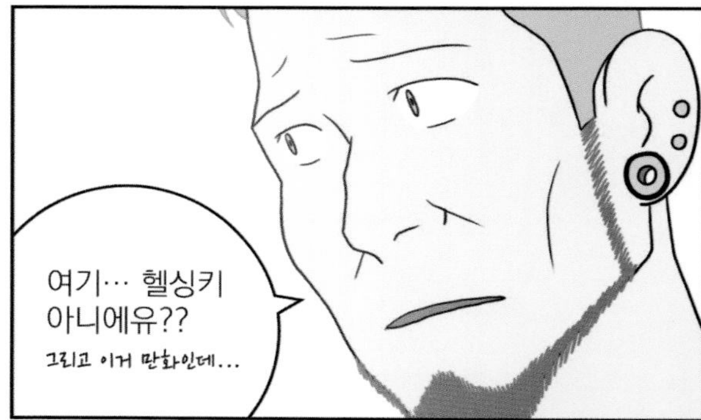

여기… 헬싱키
아니에유??
그리고 이거 만화인데…

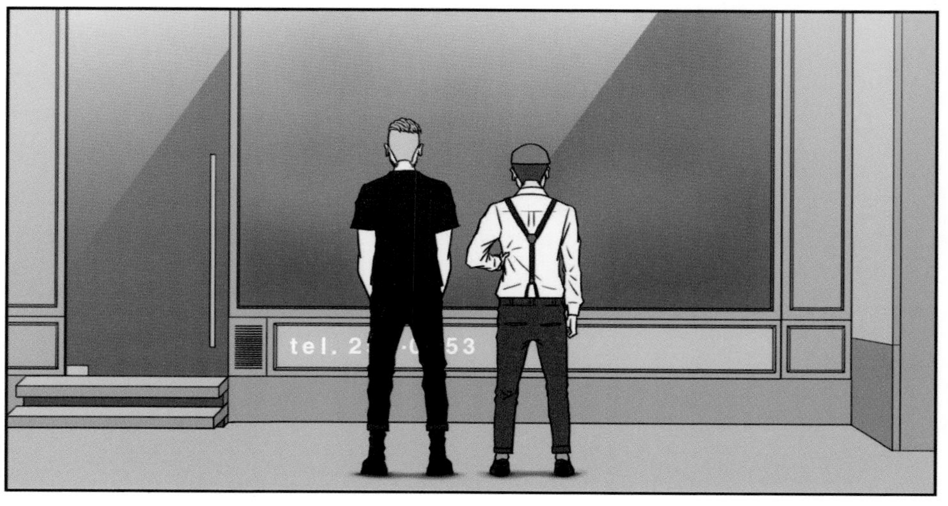

딸랑-

어서 오세요.

오랜만에
오셨네요~

안녕하세요~

연어 수프
2개 주세요.

이 친구가
핀란드 사람
이거든요.
연어 수프
이야기하니까
당장 오자고 해서
왔어요. ㅎㅎ

어머!!
Moi~
안녕하세요.

Voitko puhua suomea?
핀란드어 할 줄 아세요??

사실 인사밖에
할 줄 몰라요.
하하하;;;

핀란드 사람이
먹는다니
엄청 긴장되네요~

연어 수프
나왔습니다.

입맛에 좀
맞아요?

간이 좀 짠가…

나이가 들어서 그런가
요즘 통 간을
잘 모르겠네….

äiti??
엄마??

아…
네?!

아 아니,
너무 맛있어유~

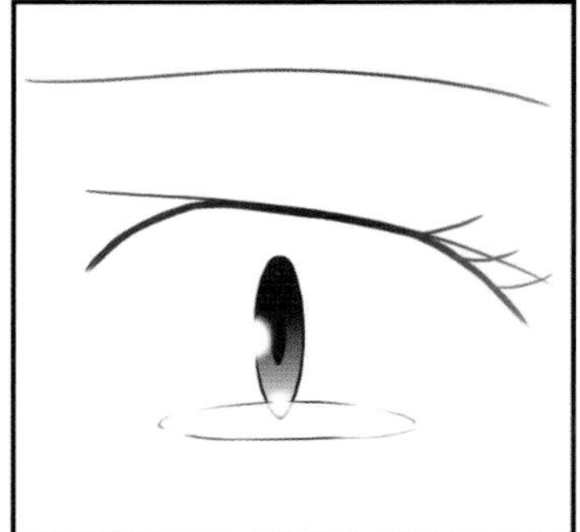

아… 다행이다~!!

지가 뭔
잘못이라도…

아! 아니,
너무 기뻐서
그만… 하하하

SGEM
저희 아들이
지금 핀란드에서
공부 중이거든요.

어디
아프진 않은지,
밥은 잘 챙겨
먹는지…

이놈 시키가
연락도
잘 안 하는데…

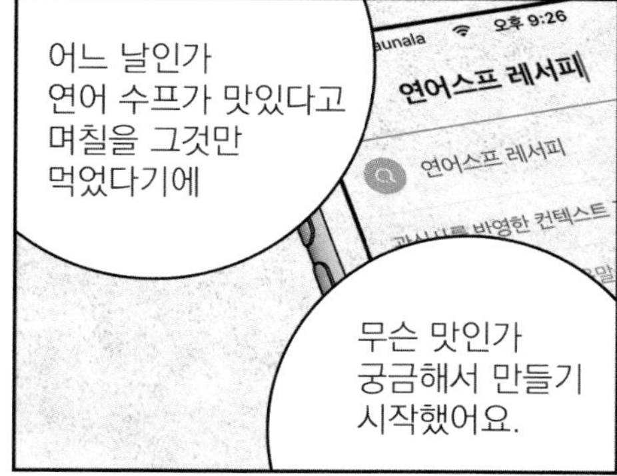
어느 날인가
연어 수프가 맛있다고
며칠을 그것만
먹었다기에
오후 9:26
연어스프 레서피
연어스프 레서피
무슨 맛인가
궁금해서 만들기
시작했어요.

돌아오면 맛있게
해주고 싶어서요.

티모 씨가
맛있게 먹는 걸 보니
아들 모습이 순간
겹쳐 보였네요.

분명 맛있다고
할 거예유~

이거 진짜
엄마가 해주신
맛이거든유.
너무
맛있어유~

기분이다~ 디저트로
시나몬번이랑
커피는 써비스~
워메~
진짜 지대로
핀란드네유~

자~알
먹고 가유~
잘 먹고
갑니다~
Cobra Pasta Club

또 와요~

네. 자주 올께유,
이모님~

마음은 노을이 되어

나는 어느 곳에 있었어도

맞은편 미래

맞은편 미래

아침(Achime)

2010

톡
톡

톡
톡
토톡
톡
토톡
톡

뽀드득

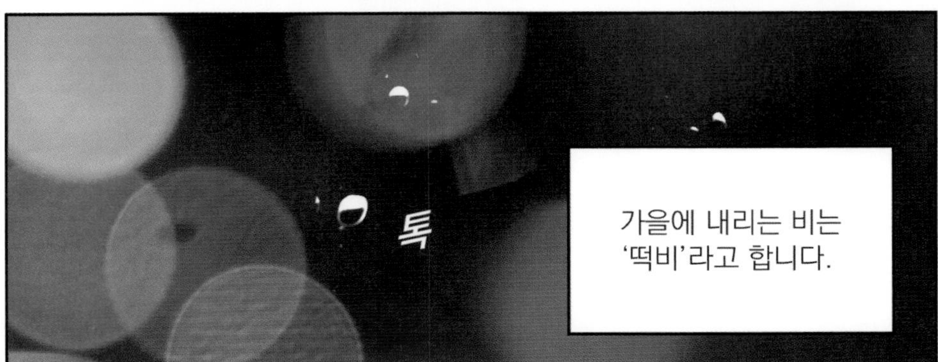
톡
가을에 내리는 비는
'떡비'라고 합니다.

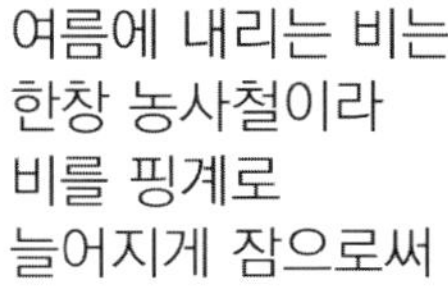
여름에 내리는 비는
한창 농사철이라
비를 핑계로
늘어지게 잠으로써
그간 쌓인 피로를
푸는 것으로
'잠비'라고 하고,
풍성한 수확기인
가을에 비가 내리면
내친김에 떡을
해 먹는다는 데서
떡비라고 합니다.

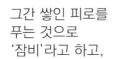

오늘처럼 가을비가
내리는 날엔
조상님들의
지혜로운 전통을
이어가는 마음으로
뽀드득

어디 가서
빈대떡에 막걸리나
좀 먹어볼까나~

오전 3:04
78%
빈대떡
빈대떡
종로빈대떡
빈대떡신사

아…
따르릉~
따르릉~

쏴아아–
오늘도
땡땡이 실패.

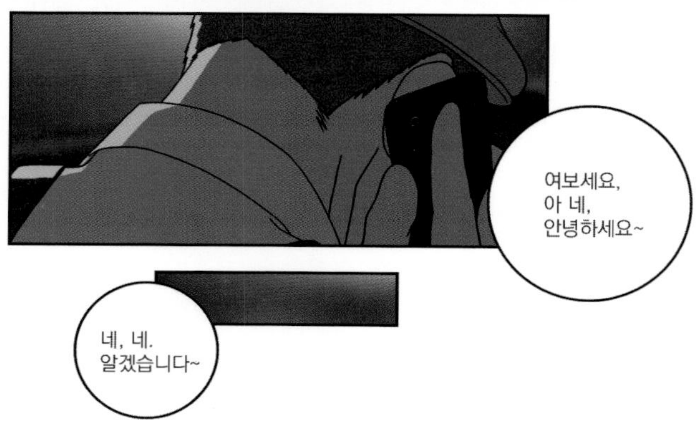
여보세요,
아 네,
안녕하세요~
네, 네.
알겠습니다~

찰-칵
2,8
#나돌아갈래 #박하사탕

찰-칵
오늘의 손님인 영화 시나리오 작가 안승룡 씨는
2,8
#자청룡 #자주색푸른용이라니 #올드보이

취미로 영화 촬영 장소를 찾아가서 같은 포즈로 사진을 찍는데,

#야 #4885 #너지 #추격자

그때마다 저를 불러 기사 및 포토그래퍼로 활용하곤 합니다.

TAXI

조금만 왼쪽으로… 더 더 더…

253

오늘 촬영은
어떤 영화예요?

비 오는
장면인가??

쏴아아–

땡~!

비 오는데 날궂이 할 일 있나요~
응?

그런데 왜 왕복으로 가세요?

기사님,
제 삶의 모토가
'언제나 조금 무리하는 삶'
이라고 말씀드린 적
있나요?

네?

언제나 조금 무리하는 삶.

친구 좀 구하러 갑니다.
ㅋㅋㅋ

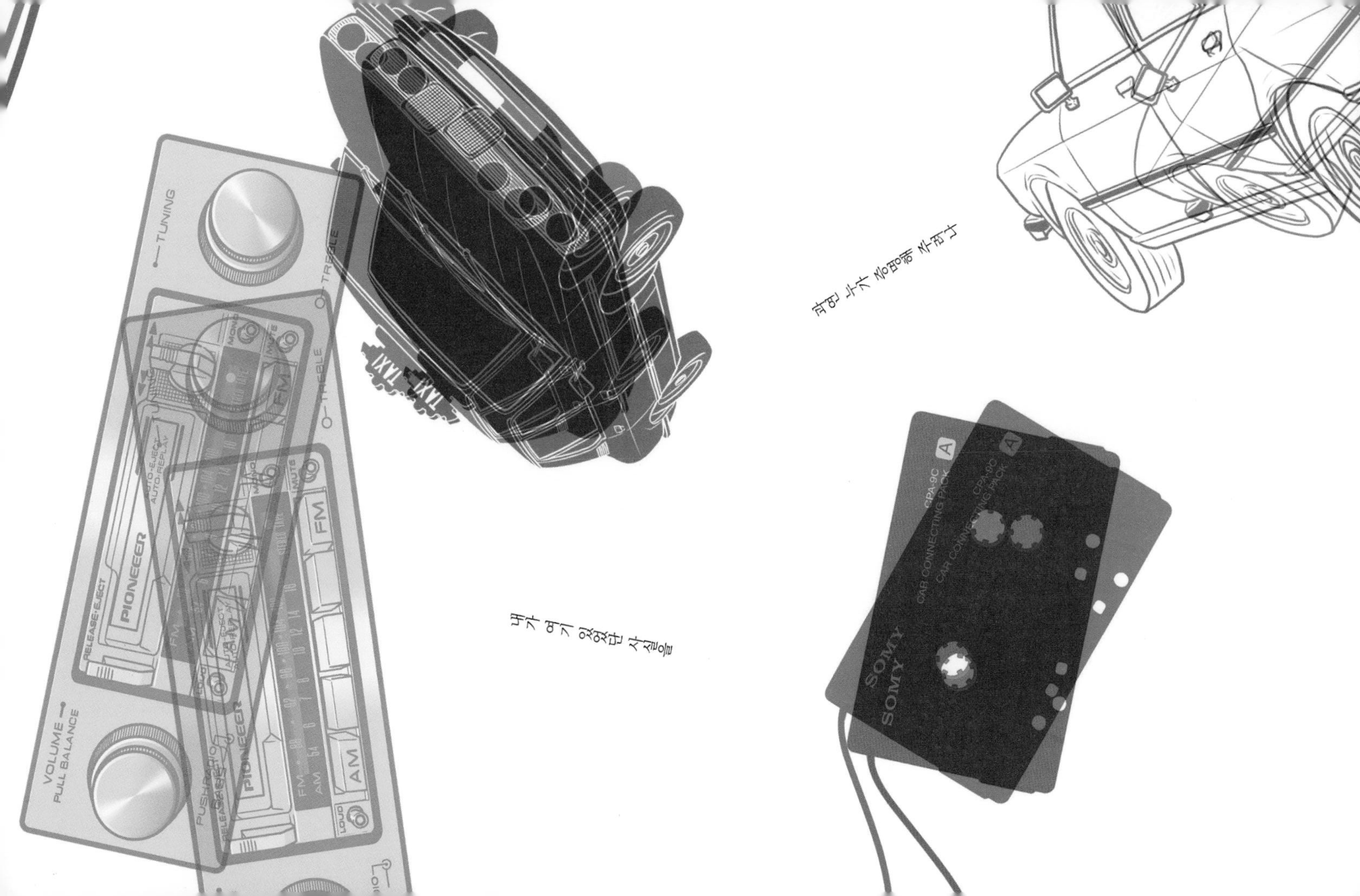

내가 여기 있었단 사실을

과연 누가 증명해 주려나

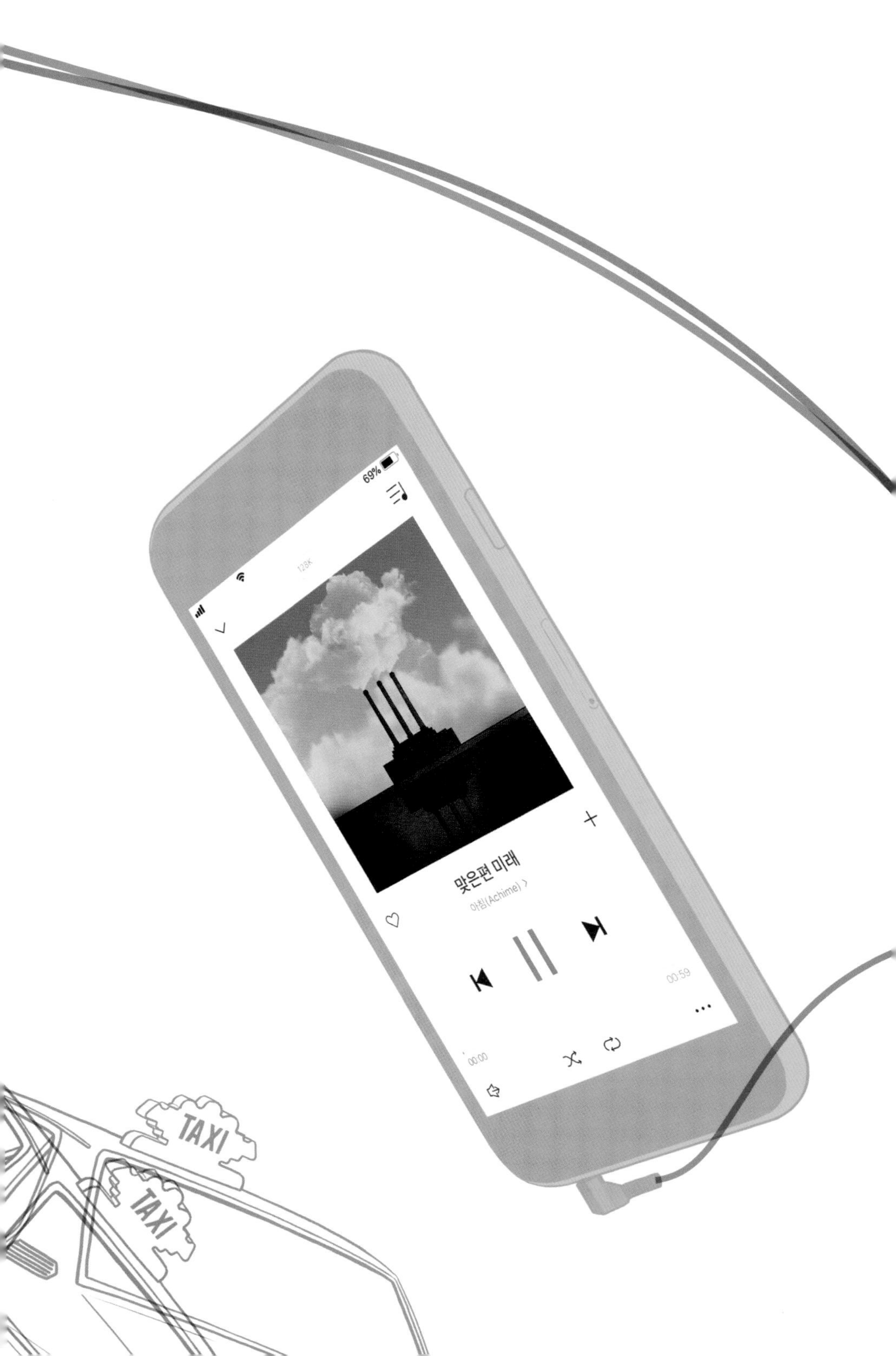
69%
맞은편 미래
아침(Achime) >
TAXI
TAXI

대학교 졸업하고
하나, 둘 사회생활
시작하면서

친구들
얼굴 보기가
점점 더
어려워졌어요.

특히 야근 많은
디자인 회사를
다니는 백호라는
친구 얼굴 보기가
너무 어려웠어요.

백호는
또 안 왔어?

백호?
몰라~

연락해봐야
또 야근일걸?

그러니까,
그냥 하지마.
ㅋㅋ

너
또
꿨다며?
재테크
저쩌구
집이 어쩌구
주식이 어쩌구
결혼이
어쩌구
부동산이
저쩌구

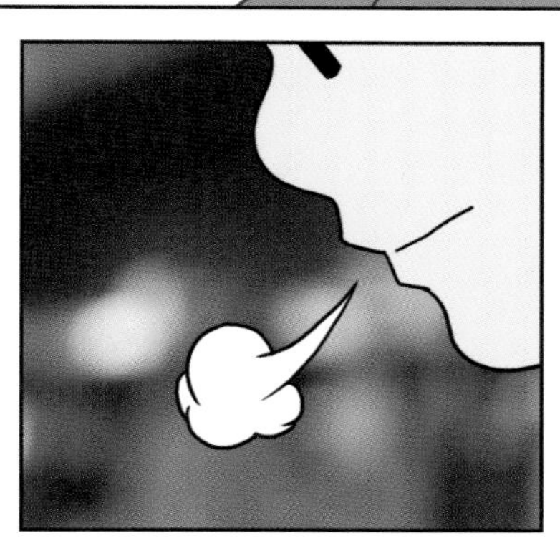

까똑!

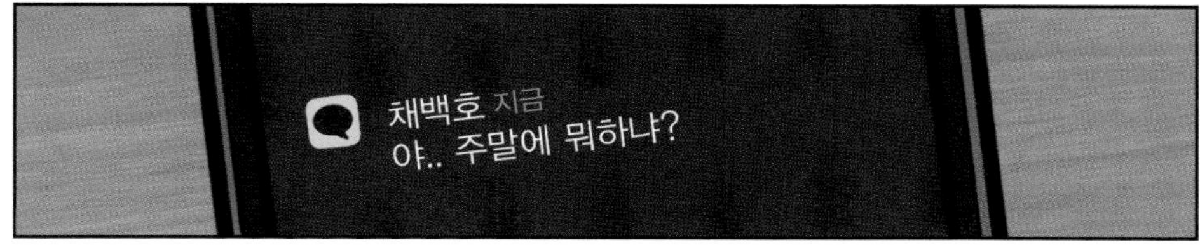
채백호 지금
야.. 주말에 뭐하냐?

톡
톡
토독 톡
내가 주말이 어딨냐?
프리랜서는 주말 개념이 없어요
ㅋㅋ

아무것도 안 한다는 얘기네??
걸렸나;;
어;;; 어...

토요일에 이사 좀 도와줘
톡
토독 톡

Bam
맨날 야근해서 짐을 못 쌈
HOT 7
Red Bam
bool
ㅠㅠ
그럼, 짜장면 사주냐?

짜장 2개+탕수육 1번 세트지!!
ㅋㅋ 콜
이번에는 어디로 이사 가냐?
톡
톡
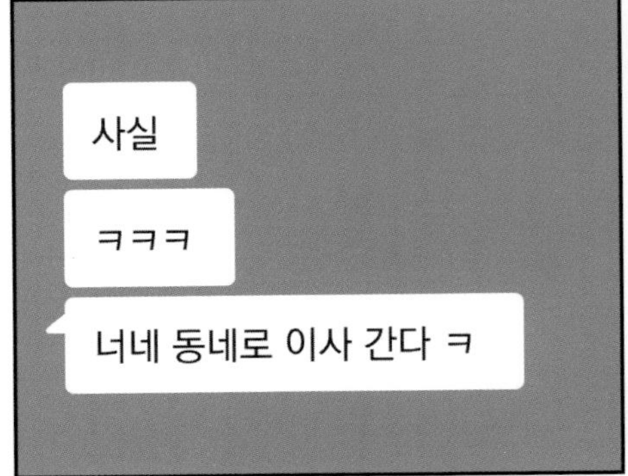
사실
ㅋㅋㅋ
너네 동네로 이사 간다 ㅋ
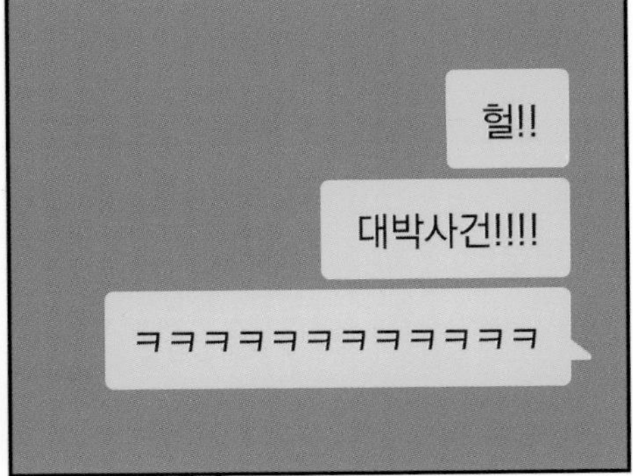
헐!!
대박사건!!!!
ㅋㅋㅋㅋㅋㅋㅋㅋㅋㅋㅋㅋㅋ

원래는 일 년에
한두 번 볼까 말까
하던 백호를,
이제 일주일에
안 보는 날이
한두 번입니다.
ㅋㅋㅋ

수고하셨습니다~
편맥 ???
콜!!!
어떤 날은
늦게 끝나서

어떤 날은
일찍 끝나서
저녁은?
아직?
돼지국밥?
과 소주?

방세 아낄 겸
같이 살까
심각하게
고민할 정도로
거의 맨날
붙어있습니다.

완전 어렸을 때
동네 친구 같네요!

저는 원래
혼자 있는 것을
좋아했어요.

시나리오 쓰면서
혼자서 해내야 한다고
스스로 저를 좀
몰아세웠어요.

그러면서
혼자 있는 것을
좋아하니까
괜찮다고 생각했죠.

그런데 요즘, 저에 대해 새롭게 알아낸 사실이 있어요.

저는 사실
주변 사람을
통해서
에너지를 얻고
그 에너지로
글을 쓰는 사람
이었더라고요.

택시!!
TAXI
그나저나 택시 잡는 사람 진짜 많네요.

이 시간에는 원래 그렇긴 한데, 비가 와서 그런지 더 난리네요.
택시~
따블~ 따블~

여기쯤 있다고 했는데…

어!! 저기 있다!!

어디요? 안 보이는데…

저기~ 저~ 노란 모자!!

ㅋㅋㅋㅋ
ㅋㅋㅋㅋ
(진짜 왔냐?)

ㅋㅋㅋㅋ
ㅋㅋㅋㅋ
(인생 뭐 있냐?)

ㅋㅋㅋㅋ
ㅋㅋㅋㅋ
...
ㅋㅋㅋㅋ
ㅋㅋㅋㅋ

그만 웃고
좀 타시면
안 될까요??

쿵!!
와…
진짜 네 덕분에
살았다….

오늘 진짜
집에 못 가는 줄;;

팡!!
평소처럼 야근하고
비 오는구나 하면서
그냥 나왔거든.
그런데…

약수동!!!
택시!!
택시!!
택시~
잠실!!
잠실!!
택시!!
봉천동!!!
택시!!
택시~

이게 차라리
아예 늦게 2-3시
쯤이면 택시가
잘 잡히는데,

RGRG~
지금처럼 애매하게
막차 끊길 시간쯤엔
택시 잡기가 진짜 힘들거든.
기사님은 아시죠??

게다가 오늘처럼
비까지 내리는
날이면…

일이 일찍(?)
끝난 게 원망스러운
정도라니까…
RGRG~
이게
일찍이라고요?

보통은 2-3시에
끝나니까…
오늘 정도면
일찍이죠.
그리고 기분이
진짜 우울해지는 건

나만 제정신
이라는 사실…

일찍 퇴근하고
취한 사람들 사이에
나만 멀쩡한 채
있으니
야근한 것도
억울한데
두 배로 억울해
지더라고요.

빈차 잡는 건
절대 무리
까똑택시로
승부한다!!

까똑택시
호출 중입니다
출발 신사역
도착 동교동 삼거리
옵션 중형
다시 호출하기

죄송합니다.
호출 가능한
택시가 없습니다.
출발 신사역
도착 동교동 삼거리
옵션 중형
다시 호출하기

칫! 작전변경!!
야근비도 안 주고
겨우 교통비만
지원해주는데
내일 욕먹더라도
모범택시닷!!

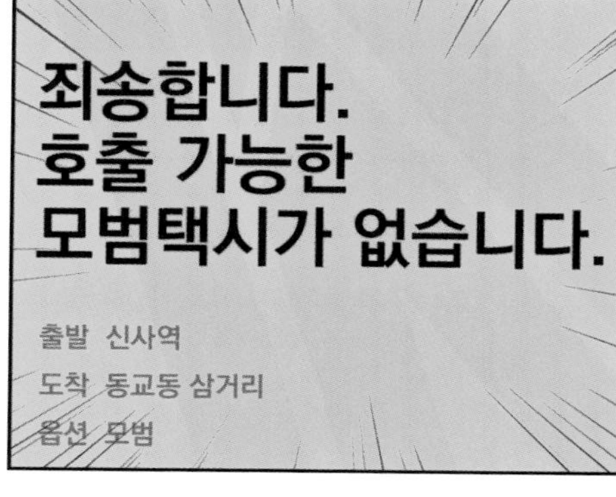
죄송합니다.
호출 가능한
모범택시가 없습니다.
출발 신사역
도착 동교동 삼거리
옵션 모범

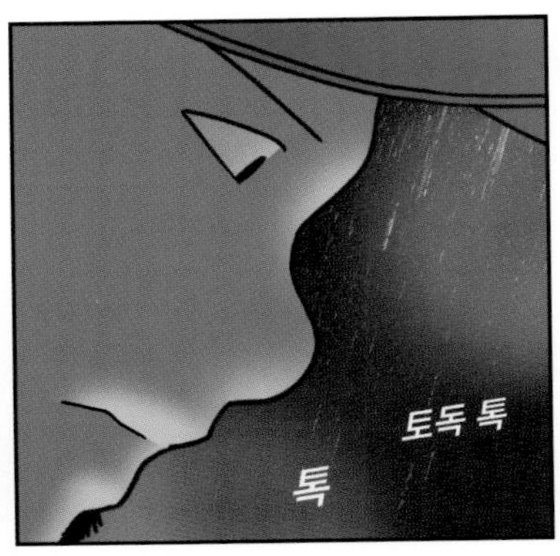

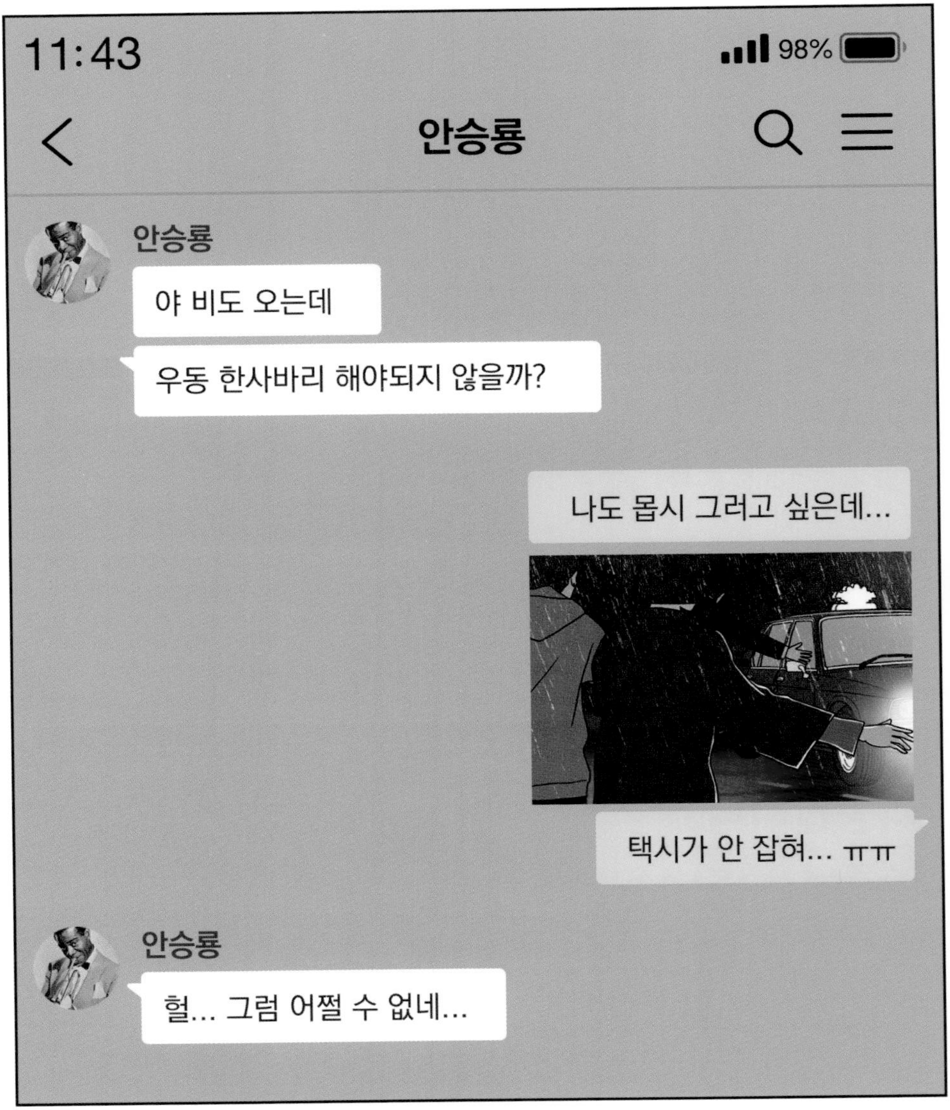

11:43 98%

안승룡

안승룡

야 비도 오는데

우동 한사바리 해야되지 않을까?

나도 몹시 그러고 싶은데…

택시가 안 잡혀… ㅠㅠ

안승룡

헐… 그럼 어쩔 수 없네…

내가 갈게 ㅋ

슉-

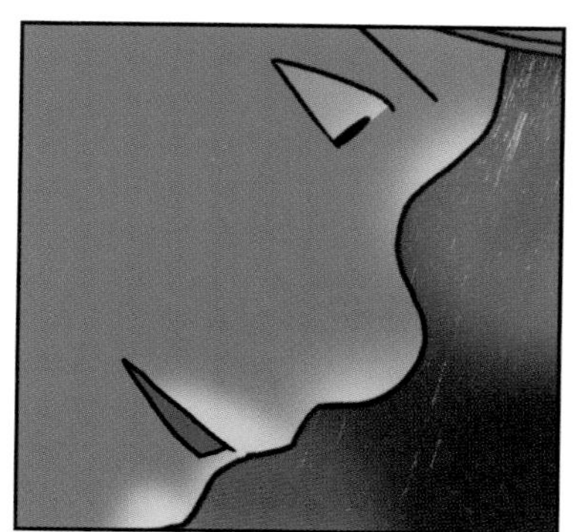

톡
토독 톡
어? 뭐??? 여기로 오겠다고?

톡
톡
토독 톡
내가 택시를 타고 거기로 가서
다시 같이 타고 오는 시나리오 ㅋㅋ

톡
톡
고맙긴 한데...
거기도 택시 안 잡히는 건
마찬가지 아닐까?

휙
토독 톡
톡
후후후
나에게 비장의 무기가 있지
위치나 찍어봐~

그 비장의 무기가
설마 저였나요?
ㅋㅋㅋ 전화 좀
잘 받으옵소서,
비장의 무기시여~
저기…

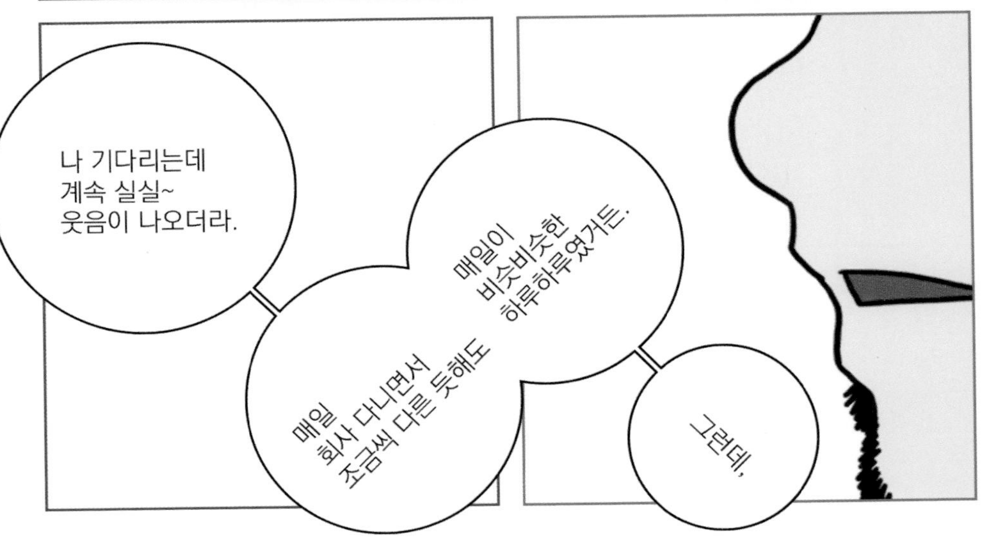

나 기다리는데
계속 실실~
웃음이 나오더라.
매일이
비슷비슷한
하루하루였거든.
매일
회사 다니면서
조금씩 다른 듯해도
그런데,

조금만 무리해서
엉뚱해지면

이렇게
엄청난 하루가
펼쳐지게 돼버려

그런데 있잖아,

나는 자꾸
아련한 기분이
들 때가 있어.

즐겁고
신날수록,
이 즐거움엔
끝이 있을 거라는
생각이 자꾸 들어.

어쩌면 지금이 내 인생에서 가장 즐거운 시절인데

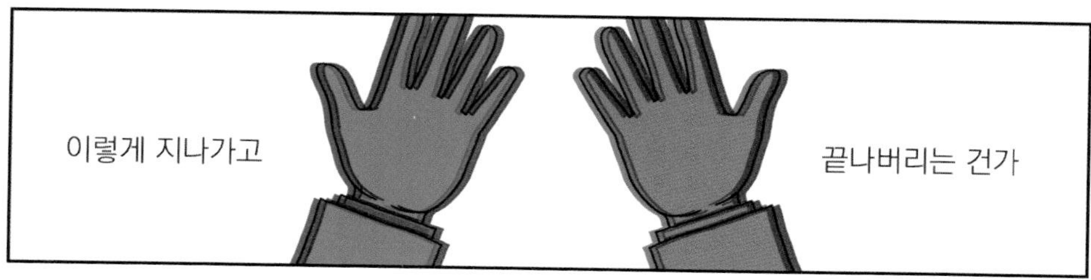
이렇게 지나가고
끝나버리는 건가

자꾸만
조바심이 생겨.

미래는 추억 따위 허락하지 않아

뭐…
어쩔 수 없지만,

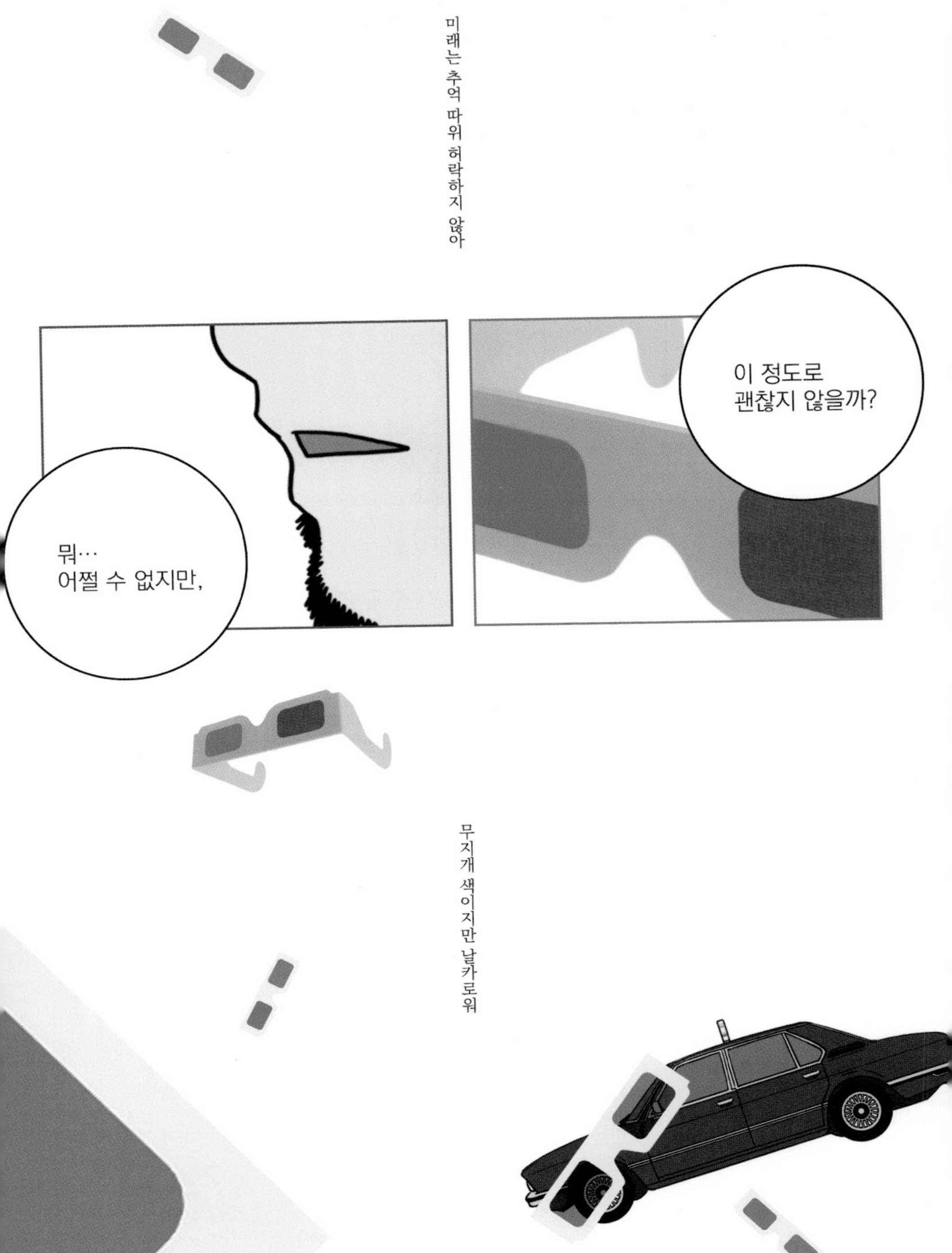

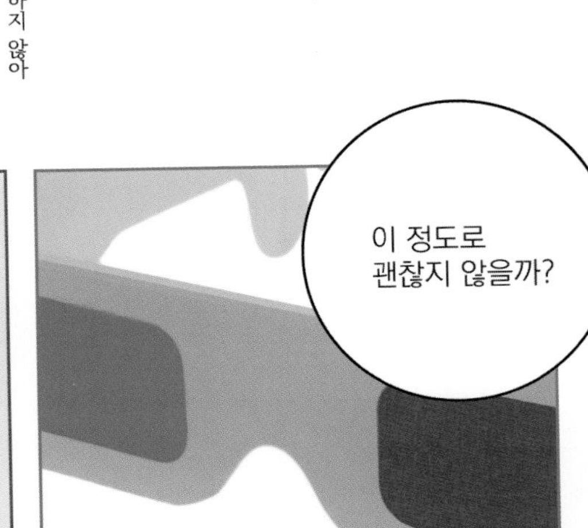
이 정도로
괜찮지 않을까?

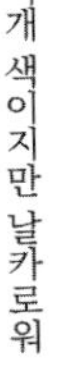
무지개 색이지만 날카로워

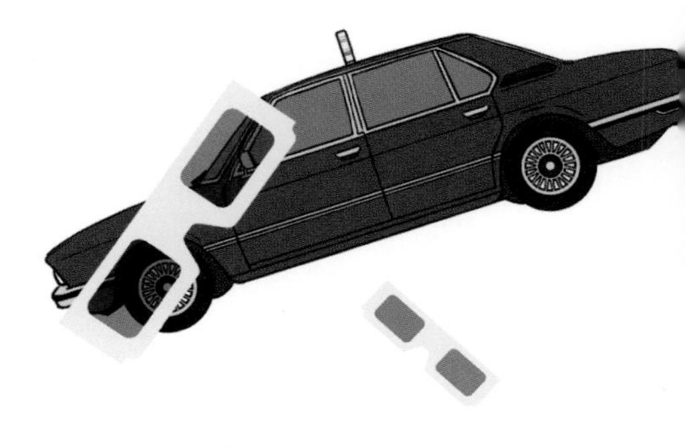

언제건
다시 만나서
지겹도록 오늘을
이야기하고
또 오늘처럼
낄낄거리겠지.
모두의 추억을 먹어서
저리 아름다운 건가
그리고
그리우면 실컷
그리워하지 뭐.
TAXI

지워져 가 모두 지워져 가

지워져 가 모두 지워져 가

나를 따뜻이 감싸던 노래도

내가 뛰어놀던 그곳도

지워져 가 모두 지워져 가

이웃에 방해가 되지 않는 선에서

이웃에 방해가 되지 않는 선에서

브로콜리너마저

2008

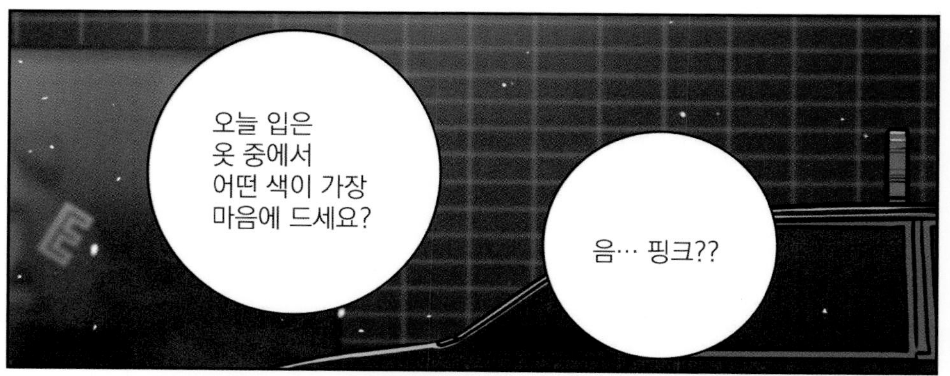

다음,
오늘 저녁
메뉴는?

소머리국밥
먹었어요.

그럼
이제 그 둘을
합쳐보세요.

'핑크소머리국밥'
뭔데요, 이게?

핑크소머리국밥~
음악이 진국일 것
같네. ㅋㅋㅋ

딸랑ㅡ
어서오세요!

안녕하세요!

오늘도
카푸치노로
드릴까요?

네, 시나몬 말고
계피 넣어주세요.

카푸치노 마시고
달리기 좋은 날
이네요.

겨울에도 계속
달리시는 거예요?
안춥나…?
취이익-

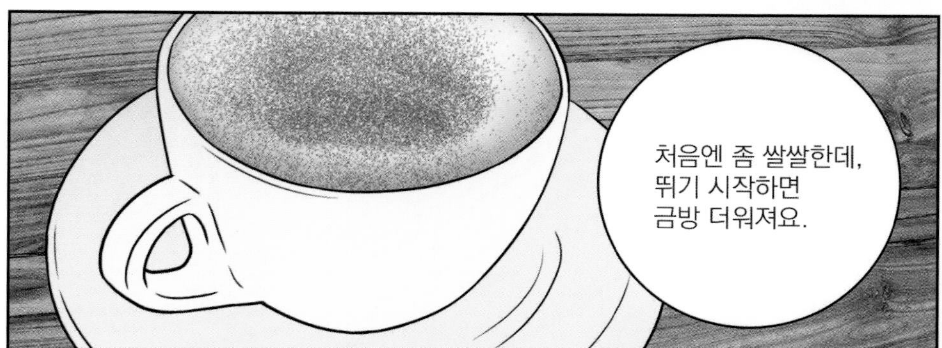
처음엔 좀 쌀쌀한데,
뛰기 시작하면
금방 더워져요.

그리고 오히려
겨울이 더 좋아요.
추우니까 한강에
사람이나 자전거가
거의 없거든요.

오늘은
얼마나 뛰세요?

오늘은
가볍게 8km만
뛰려고요.
아…하하
가볍게 8km
하하

안전운전~
안런하세요~
잘 마셨습니다.

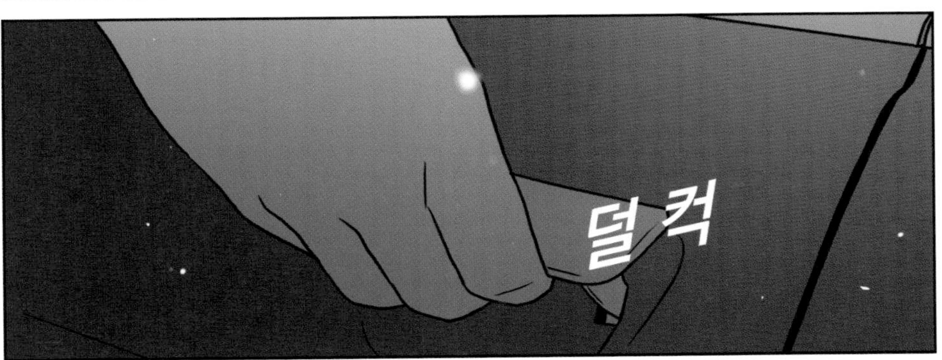
덜컥

계피가루를 뿌린
카푸치노를 마시고
달리기가 취미인
계향 씨.

그날그날 달리고
싶은 거리만큼
택시를 타고 가서
집까지 뛰어가는 게
계향씨의 달리기
코스입니다.

예전부터
궁금했는데,

달리기는 언제부터
좋아하신 거예요?

음… 그게
이야기가
좀 긴데

시작을
이야기하려면
일단…

이 음악을
들어야 합니다.
콕

저는 원래
잠에 대한 고민이
없는 사람이었어요.
어딜가든
잠자리가 바뀌어도
머리만 대면
바로 잠들고

회사에서도
틈날 때면
잠깐씩 꿀잠자서…

찰칵!

짤부자였죠;;;

아 진짜
너무하지 않냐?
삼주 째 매일
야근이라니까…

끼 - 익
내일도 일찍
나가야 돼서
씻고 바로 자려고.
어~ 곧 보자.

털 썩 -

내일은 또
뭐 입고 가지?

원피스는 주문한 게 언젠데 왜 아직 안와!!

내일 입으면 딱인데!!

근데, 부장놈은 오늘 왜 나한테 틱틱댄 거지?

원피스 내일은 꼭 와야 되는데…

간선 상차가 뭐지?

잘못한 게 있으면 말을 하지, 꼭 저런다니깐…

택배는 왜 서울에서 대전으로 갔다가, 다시 서울로 오는 걸까?

그런데…

나…
왜 아직 못 자고 있는 거지?

아…
졸려…
까 똑!

까 똑!

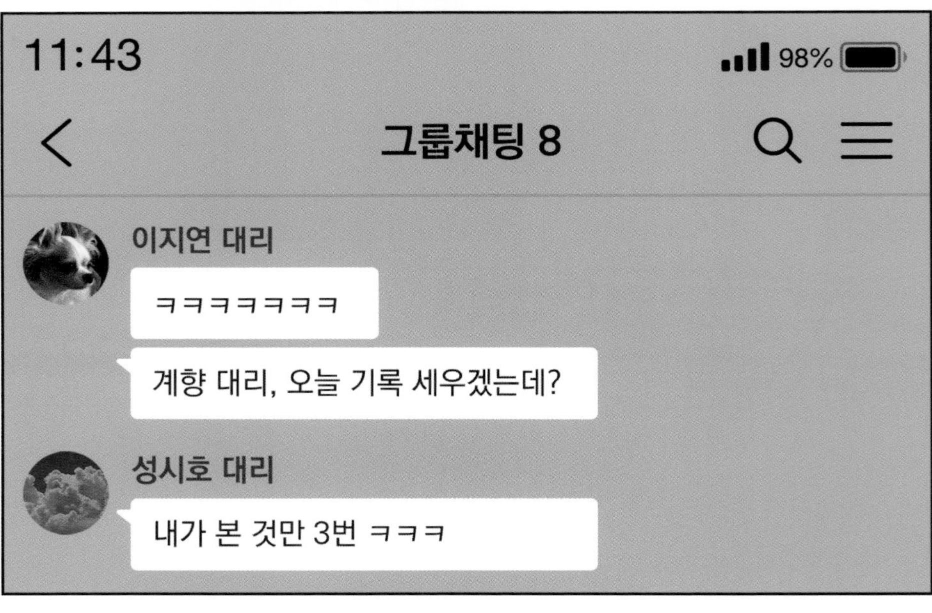
11:43
98%
그룹채팅 8
이지연 대리
ㅋㅋㅋㅋㅋㅋㅋ
계향 대리, 오늘 기록 세우겠는데?
성시호 대리
내가 본 것만 3번 ㅋㅋㅋ

아…
피곤해…

그나저나,
내일은 또
뭐 입고 가지?

원피스는
오늘도 안 오고
환불해 버릴까?

그리고 부장놈은
오늘도 또 왜
틱틱대는 걸까?

어제 못 자서
피곤하니까
오늘은 잘 자겠지?

에이…
설마

일도 많은데
과장 승진 시험
공부도 해야 하고
부장놈은
내가 뭐가 그렇게
맘에 안 드는지
자꾸만 틱틱대고

스트레스 때문에
잠 못 자고,

!
잠을 못 자니까
더 스트레스 받고…
또 못 자고…

여… 여기
앉으세요!!
감사합니다.
복 받으실
거예요.

잠 잘오는

잠 잘오는 음악

잠 잘오는 음식

잠 잘오는 법 없어

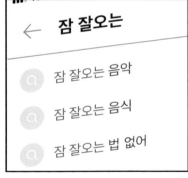

의실 Meeting room
요즘 회사가
너무 편하지?

누구라고
말은 안 하겠는데,
맨날 자고 있는
사람이 있어!!

저…
부장님…

계향 대리
또 자는데요.
!

TAXI
53서 0253
완전
엉망이었어요.

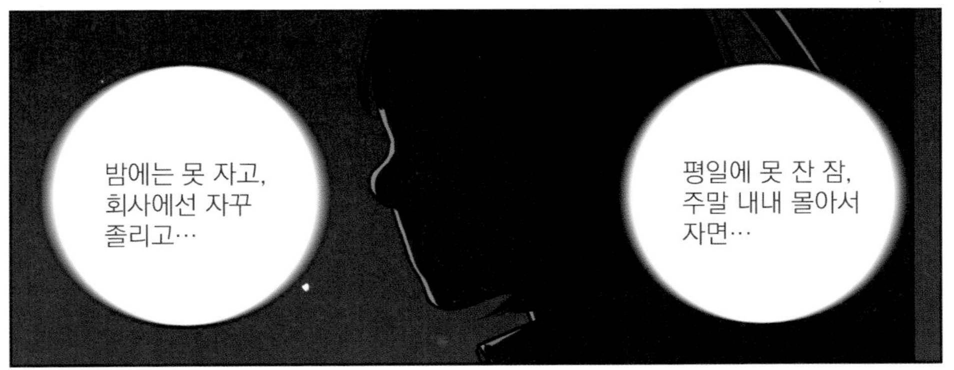
밤에는 못 자고,
회사에선 자꾸
졸리고…
평일에 못 잔 잠,
주말 내내 몰아서
자면…

일요일 밤엔 또
잠이 안오고…
하아…

그래 알고 있어 한심한 걸

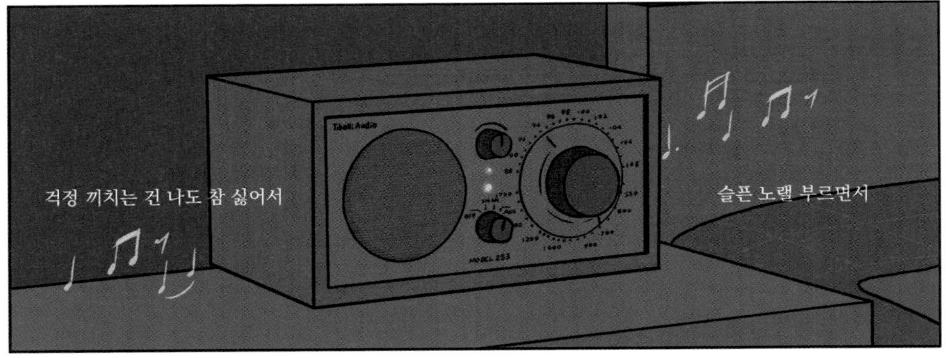
걱정 끼치는 건 나도 참 싫어서
슬픈 노랠 부르면서

혼자서 달리는 자정의 공원

Shucreme

내일은 출근해야 하고

주변의 이웃들은 자야 할 시간

벽을 쳤다간 아플 테고

갑자기 떠나버릴 자신도 없어

막차 놓칠까 봐
뛰어 본 적 빼면
고등학교 체력장
이후로 처음 달리는
거였으니까,

당연히 금방
힘들어질 테니
'적당히 달리다가
돌아오자' 생각하면서
뛰기 시작했는데

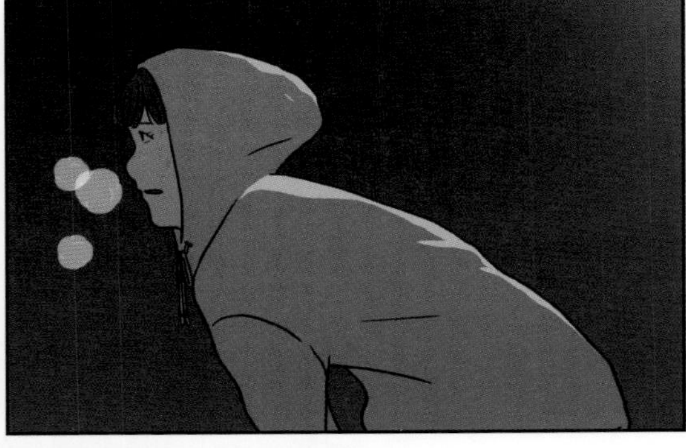

정신 차려보니
너무 멀리
와 버렸더라고요;;
여기…
어디지??

터벅
터벅
하아… 집에
어떻게 가지…
너무 멀리와서
다시 뛰어갈
엄두가 안나네…

저벅
저벅

TAXI
저거…
택시 맞지??
덜 컥

팟!
TAXI
부르릉-

똑!
똑!

아!!
그럼!!
네ㅋㅋ 그날,
처음 택시탄 날!

기사님, 근데
그날 한강엔
왜 가신 거예요?

컵라면은
한강에서 먹는 게
제일 맛있어서;;
하하하;;

!
짹짹

음냐~

달리기 한 날
꿀잠 자고 나서
바로 돌아왔어요,
잘 자던 원래의 나로.
그래서 그날,
저는 바로!!!!!

오오! 또
뛰셨나요??
...

무슨 소리
하시는 거예요?
런닝복과 런닝화부터
주문했죠, 당연히.

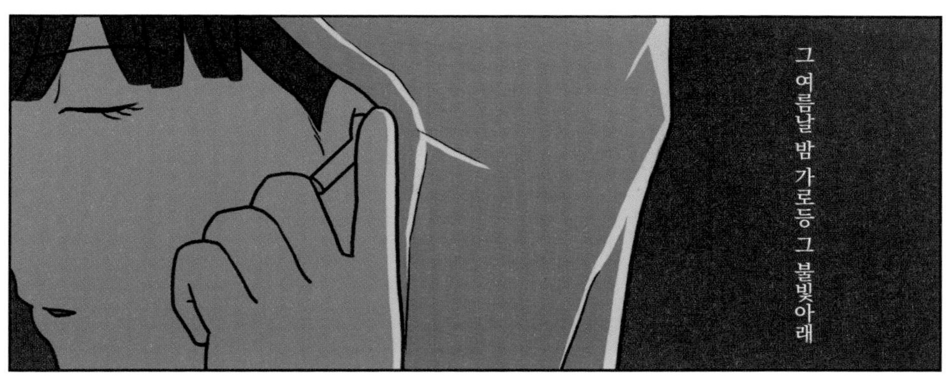
그 여름날 밤 가로등 그 불빛아래

잊을 수 없는 춤을 춰

귓가를 울리는
너의 목소리에

믿을 수도 없는 꿈을 꿔

달리기
시작하면
우선 생각들이
사라져요.

그렇게 생각들이
사라지고 나면

다음엔 나말고
다른 것들이
하나, 둘
사라져요.

나만 남아요.

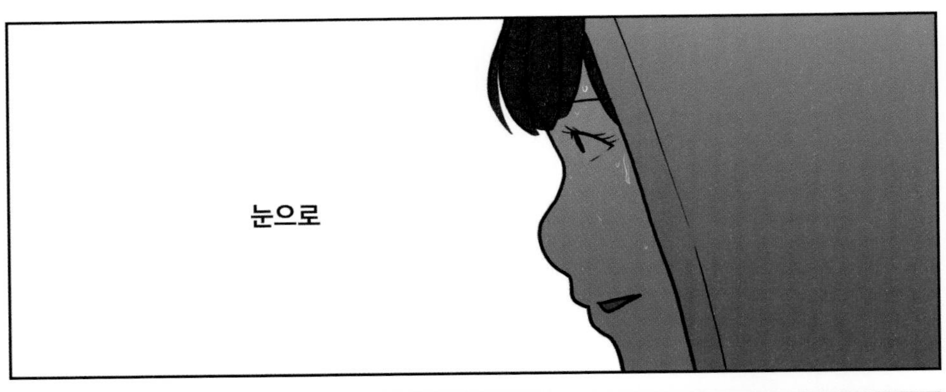
눈으로

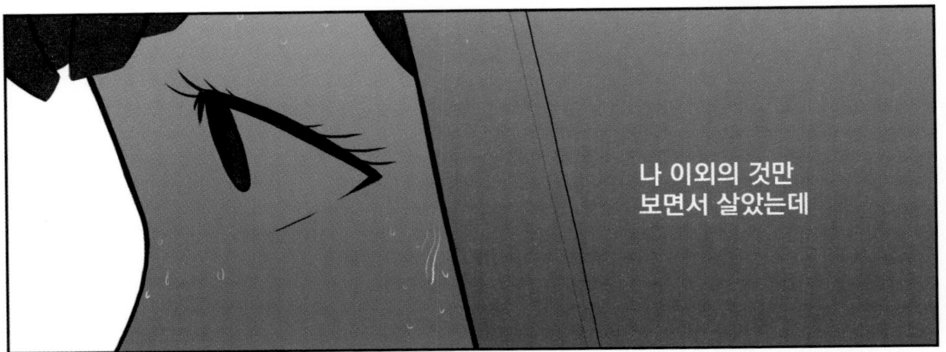
나 이외의 것만
보면서 살았는데

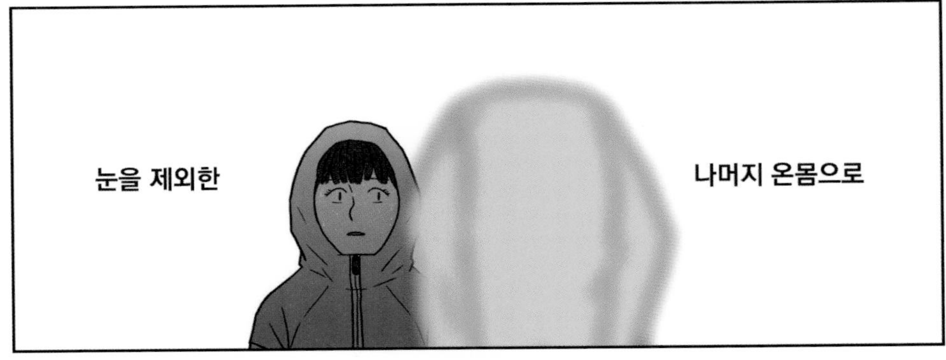
눈을 제외한
나머지 온몸으로

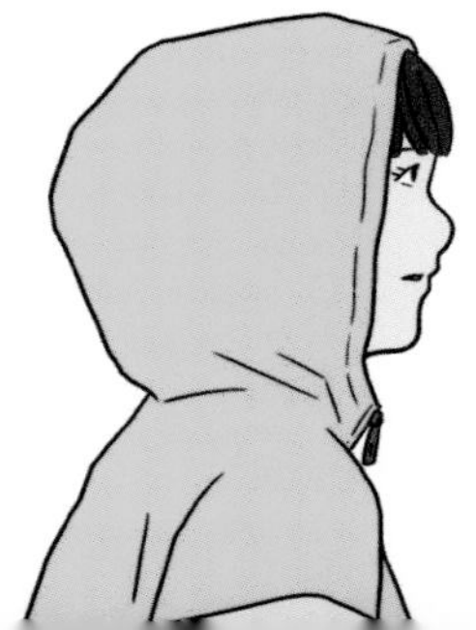

나만 바라보게 돼요.

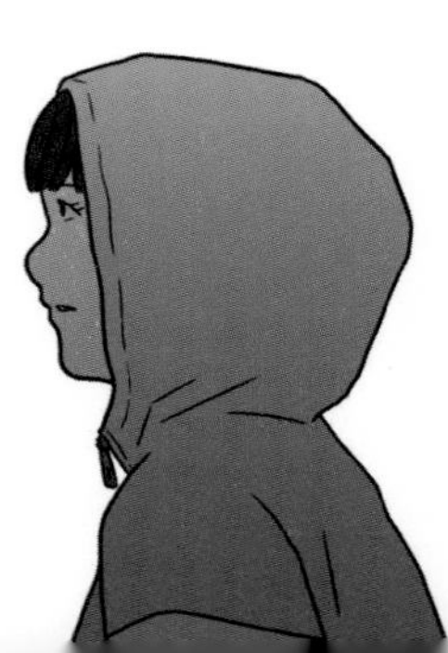

그래서 정신없이
달리다 보면
자꾸 너무 멀리
가게 되고…

여보세요?
안된다고요?
뻥치지 마세요
땡땡이 치시는 거
다 알아요 ㅋㅋ

다시 뛰어서
돌아갈 엄두가
안 나는 관계로,

매번 기사님께
전화를…

그러다 찾은
해결책이 지금처럼
반대로 하는
거죠. ㅎㅎ
집까지
뛰어가는 코스~

하지만 매번
제게 전화하는 건
똑같잖아요. ㅋ
아하하하;;;
그건 그렇지만.

요즘엔 좀
어떠세요?

달리기 안 하는
날은 여전히 잘
못 주무시나요?

아뇨.
그 뒤로
쭈욱 잘자요.

◆ 달리기 퀘스트 컴플릿 보상 ◆
달리기 덕분에 '**회피의 기술**'을 익혔거든요.
회
피
회피의 기술 획득!!

달리는 동안 안 좋은 생각들을 자연스레 회피했던 것처럼

걱정한다고 달라질 것 없는 걱정들은 어쩔 수 없다고 받아들이고

스트레스
받은 일들은
그 자리에서
스트레스 받고
끝!!!

킹!

회
피
달리지 않아도
달리는 것처럼,
회피하고 있어요.

난나나나나 나난나나

TAXI
나난나나나나 나난나
53서 0253

계향 씨 잘 만나세요, 계향 씨.

그럼,
카푸치노 마시고
달리기 좋은 날
또 연락 드릴게요.

나나나 난나나나나 나난나나

오늘도
감사합니다!!

나
난
나
나
나
나

나
난
나

SPACE ODDITY

Space Oddity

David Bowie

1972

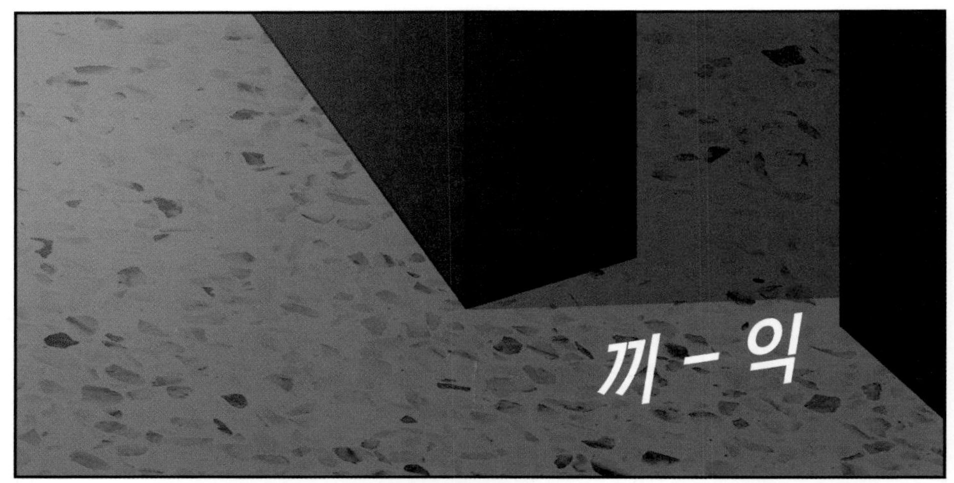
끼—익

홍기와뼈다
해장
hongkiwa.co.kr
예약문의 본점 253-0253 /

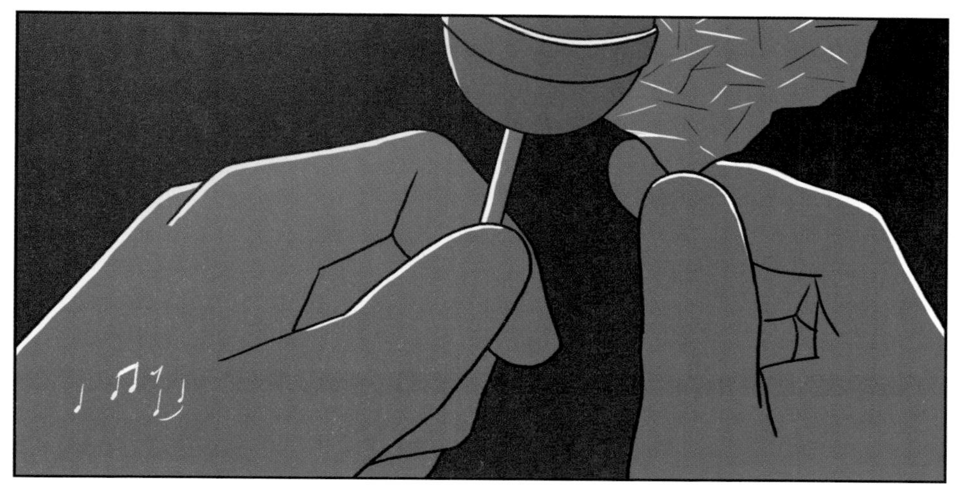

가을에는 왜
더 일하기 싫은 걸까?
여름이라 일하기 싫으셨던 분 →

따르릉-
따르릉-

아깝다…
이것만 다 풀고
집에 가려고
했는데…
따르릉-
MONAMI
소
라디오

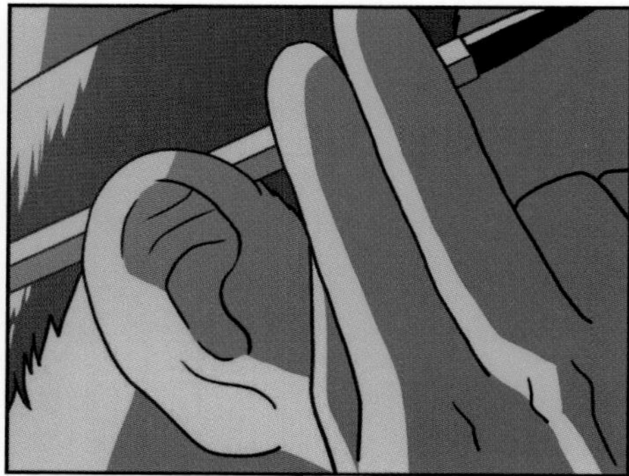

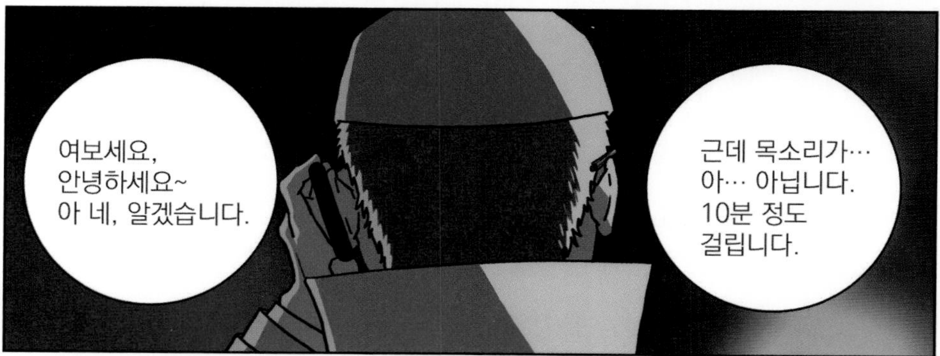
여보세요,
안녕하세요~
아 네, 알겠습니다.
근데 목소리가…
아… 아닙니다.
10분 정도
걸립니다.

TAXI
부우웅-

힐-끔
누가 가을을…

남자의 계절 이라고 했던가…

저렇게나 쓸쓸한 눈빛이라니…

제가 전에 알던 보희 씨는…

늘 몸이 들썩이는 음악을 듣고,

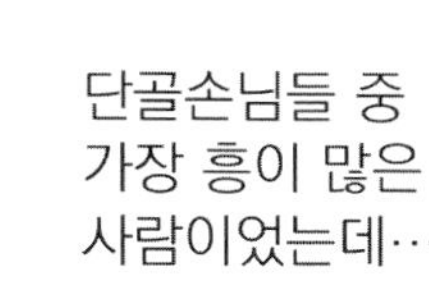
단골손님들 중 가장 흥이 많은 사람이었는데…

오늘은…
이유조차
물을 용기가
나지 않습니다.

팟!

조 ――― 용

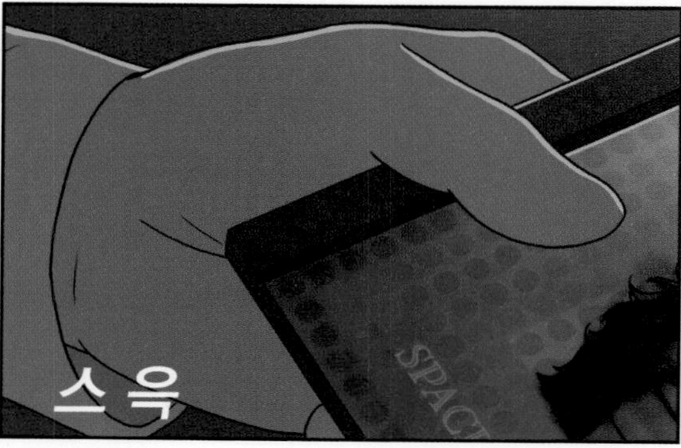
스윽
SPAC

위-이-잉
EJECT/
RELOAD
DISPLAY
DSP
REPEAT
RPT
MINUTE SECOND
TRACK NO.
01 00 01
REL/
PAUSE
POWER LOADING
TRACK REV/ ··TS/FF
SCAN
SCAN
PIONEEER COMPACT DISC PLAYER CDX-1
COMPACT
disc
DIGITAL AUDIO
TUNING

Take your protein pills and put your helmet on

기사님,
기사님은 언제
제일 외로움을
느끼시나요?
Ground Control to Major Tom
10
9
8
7
6
5
Commencing countdown engines on 4
3
아…
외로움이라…
글쎄요….
저는 보통 혼자
운전하는 시간이
많다 보니,
이게 워낙
자연스러워서
특별히 외로움을
느끼진 않아요.

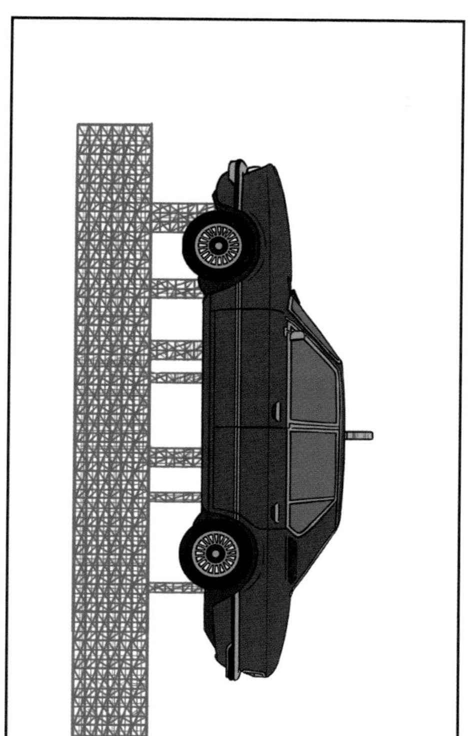

그래요…
저도 혼자 있을 땐
오히려 괜찮은데

요즘 들어
누군가와 함께
있을 때 자꾸만
외로워져요.

Check ignition and may god's love be with you

This is Ground Control to Major Tom

You've really made the grade

오늘 점심시간에
회사 대리 모임이
있었어요.

웅성웅성
하하하

빠지려면 핑계 대고
빠질 수는 있는,
강제성은 없는
모임인데…
김대리 요즘
장난 아니더라~
상무님 라인
타려고 벌써부터
정치질 장난 아님.

누군가 한 명 빠지면
그 사람 뒷담화가
펼쳐져서 빠질 수가
없어요….
극혐
ㅋㅋ

파~르~르
하.하.하.
억지 웃음
짓고,

영혼 없이
맞장구 치고,
대.박.이.네.

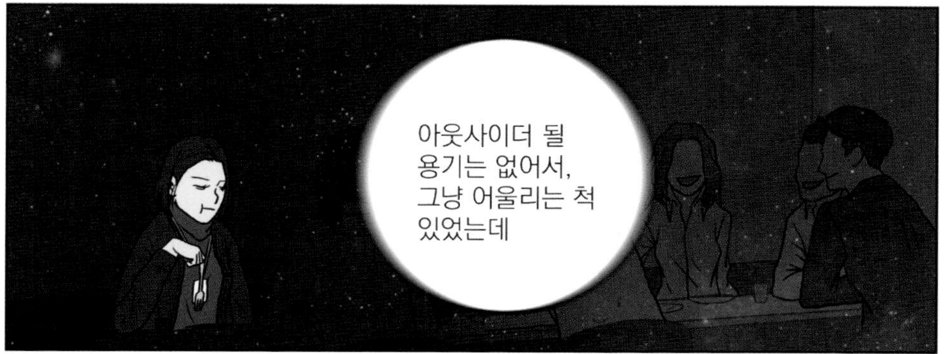
아웃사이더 될
용기는 없어서,
그냥 어울리는 척
있었는데

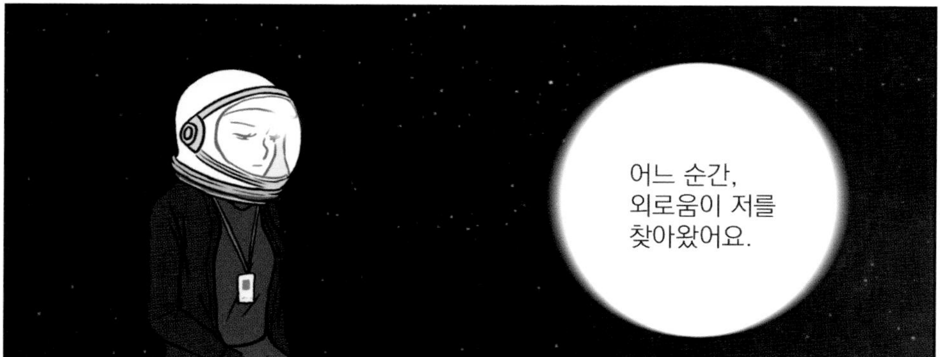
어느 순간,
외로움이 저를
찾아왔어요.

영원할 것 같았던
점심시간을 그렇게
무사히 마치고

자리에서
안식을 찾는 중
이었는데…

스윽

기대 기대
뿌-득

뿌드득

샤샤삭!!

하하하하!!

하하하하!!
쾅!
쾅!

부장님
역시 위트가
넘치십니다!!!
아이고 배야~

그럼,
오늘 방어회에
소주 한잔할까요?
어허~
박과장이 그렇게
원하면 어쩔 수 없이
가야겠구만.
참,
보희대리!!

보희대리도
방어회
좋아하지??
같이죽자

없……
없어서 못 먹죠…
아.하.하.
저새끼가

어느 쪽이냐라고
물어보신다면,
사실 저는 회식을
좋아하는 쪽이에요.

따지고 보면
하루 중에
가족, 친구보다
오래 보는
사람들이잖아요.

잘 지내야죠…
사람들이랑은.

개랑은 말고…
월월
월월

그런데 말이야,
박과장~

설운도가 목욕탕에
가면 어떤 순서로
옷을 벗는 줄 아나?

네? 설운도요??
글쎄요….
바지부터 벗으려나.

설운도는
말이지…

상하의 상하의

어...
어떡해...

벌떡

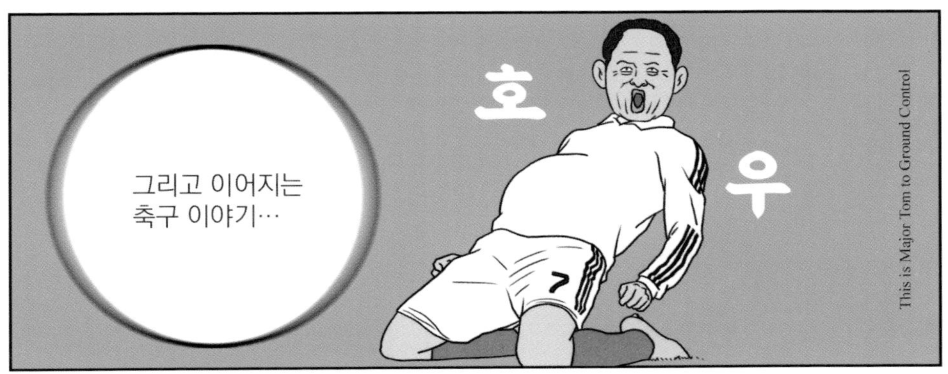
그리고 이어지는
축구 이야기…
호
우
This is Major Tom to Ground Control

I'm stepping through the door
군대 이야기.

군대에서 축구한
이야기까지….
호
우
And I'm floating in a most peculiar way

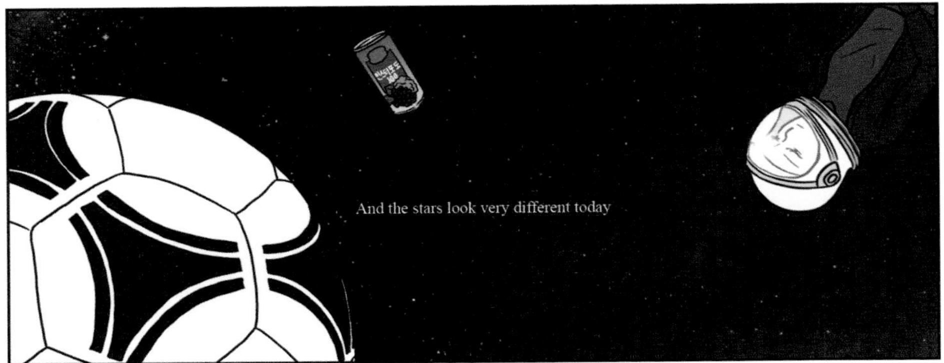
And the stars look very different today

택시!!
네~ 네~
공격회에 한잔
더 해야지~

그래도 다행히(?)
부장님이 만취하신
바람에, 기적적으로
회식이 1차에서
끝났어요.

그냥 집에 가기는
싫고, 지친마음
위로받고 싶어서

COFFEE
FRIENDZ
COMPANY
프렌즈
커피 한잔할 겸
남자 친구를
만났어요.

이번 주말에
뭐 할까?

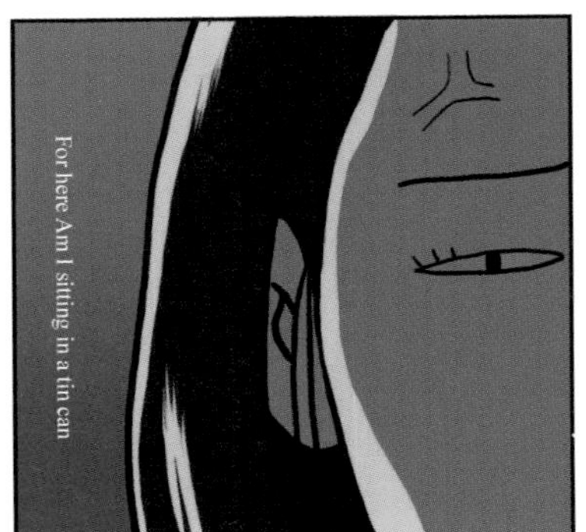
For here Am I sitting in a tin can

Far above the world
베나구를
잘 참아쓰요

어? 뭐?
주말에도
야구 하냐고?
Planet Earth is blue And there's nothing I can do

생각해보면 저는
늘 강박적으로
누군가와 함께 있길
원했던 것 같아요.
Though I'm past
one hundred thousand miles

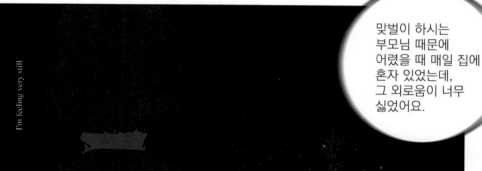
I'm feeling very still
맞벌이 하시는
부모님 때문에
어렸을 때 매일 집에
혼자 있었는데,
그 외로움이 너무
싫었어요.

그런데
외로움이 싫어서
누군가와 함께했더니,
오히려 함께여서 더욱
외로워 지다니…

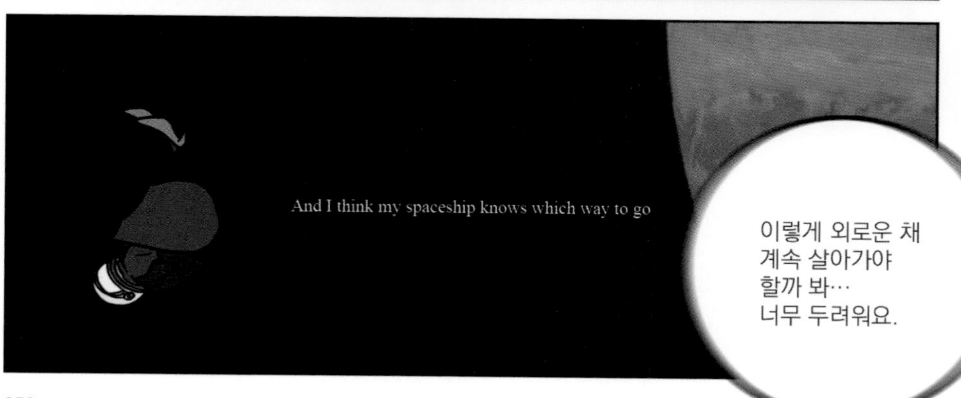
And I think my spaceship knows which way to go
이렇게 외로운 채
계속 살아가야
할까 봐…
너무 두려워요.

Ground Control to Major Tom
Your circuit's dead,
저는…

there's something wrong
문득 외로울 땐
'아, 나는 지금 외롭구나'
하고 외로움을 그대로
받아들여요.

Can you hear me, Major Tom?
외로움이 괴로움으로
바뀌지 않도록
외로운 감정을
그대로 두는 거예요.

Can you hear me, Major Tom?
그러면 반대로
외롭지 않은 순간이
오히려 더
기쁨으로 다가오지
않을까 해서요.

Can you Here am I floating round my tin can
거의 다 왔네요.
저쪽 골목으로
들어가는 거죠?

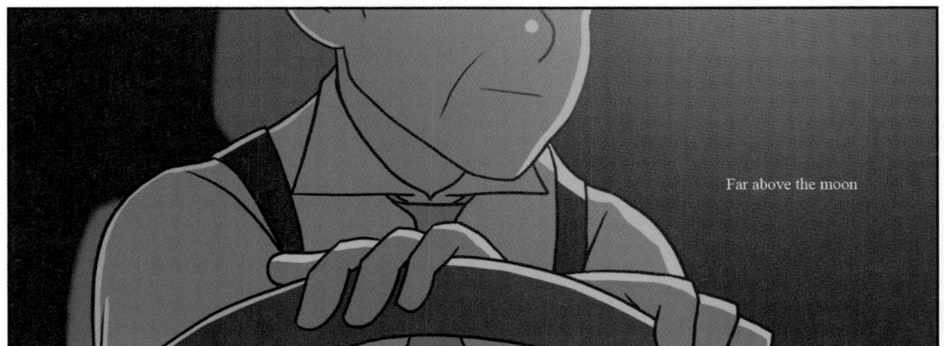
Far above the moon

Planet Earth is blue

And there's nothing I can do

TAXI

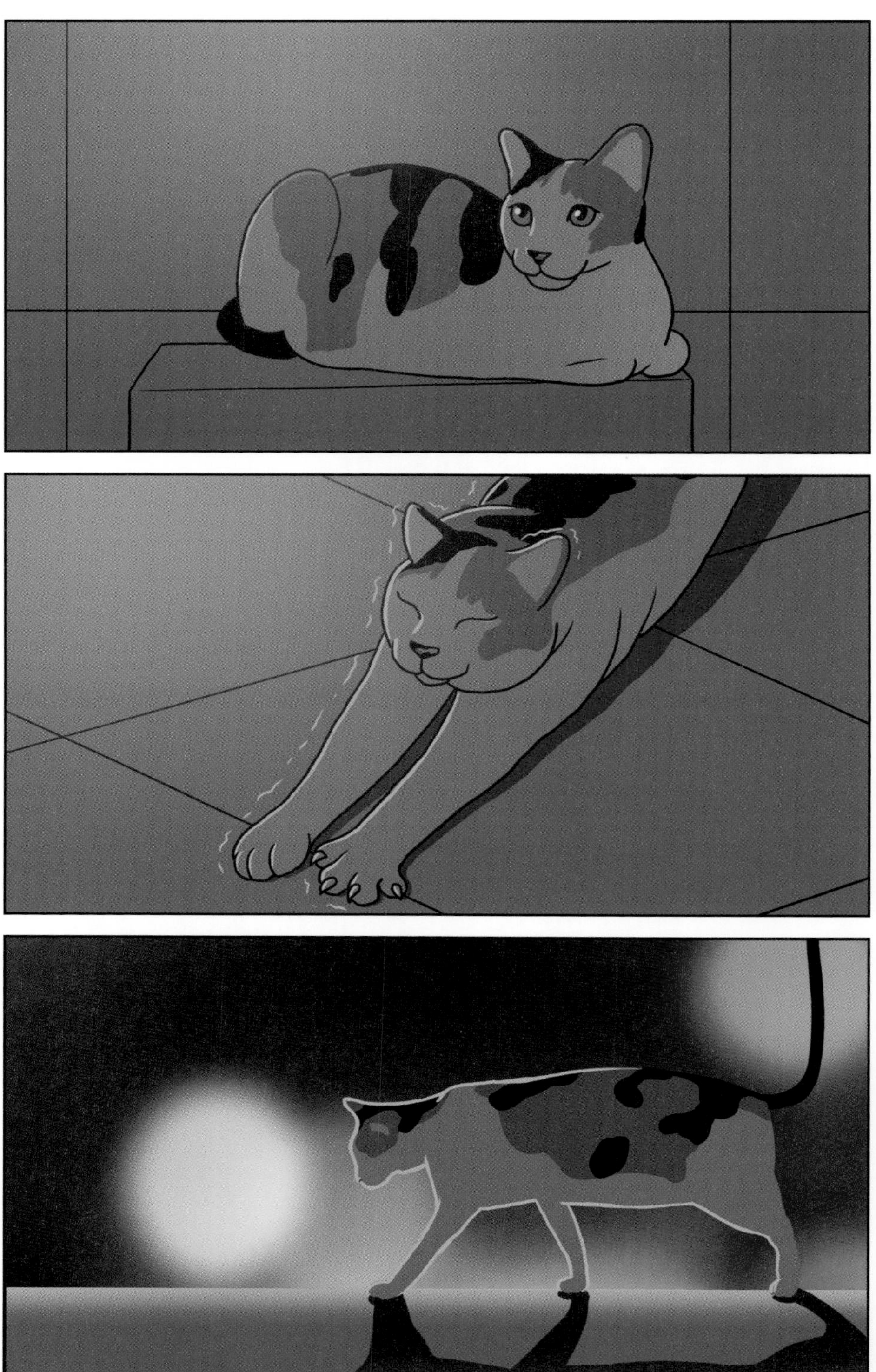

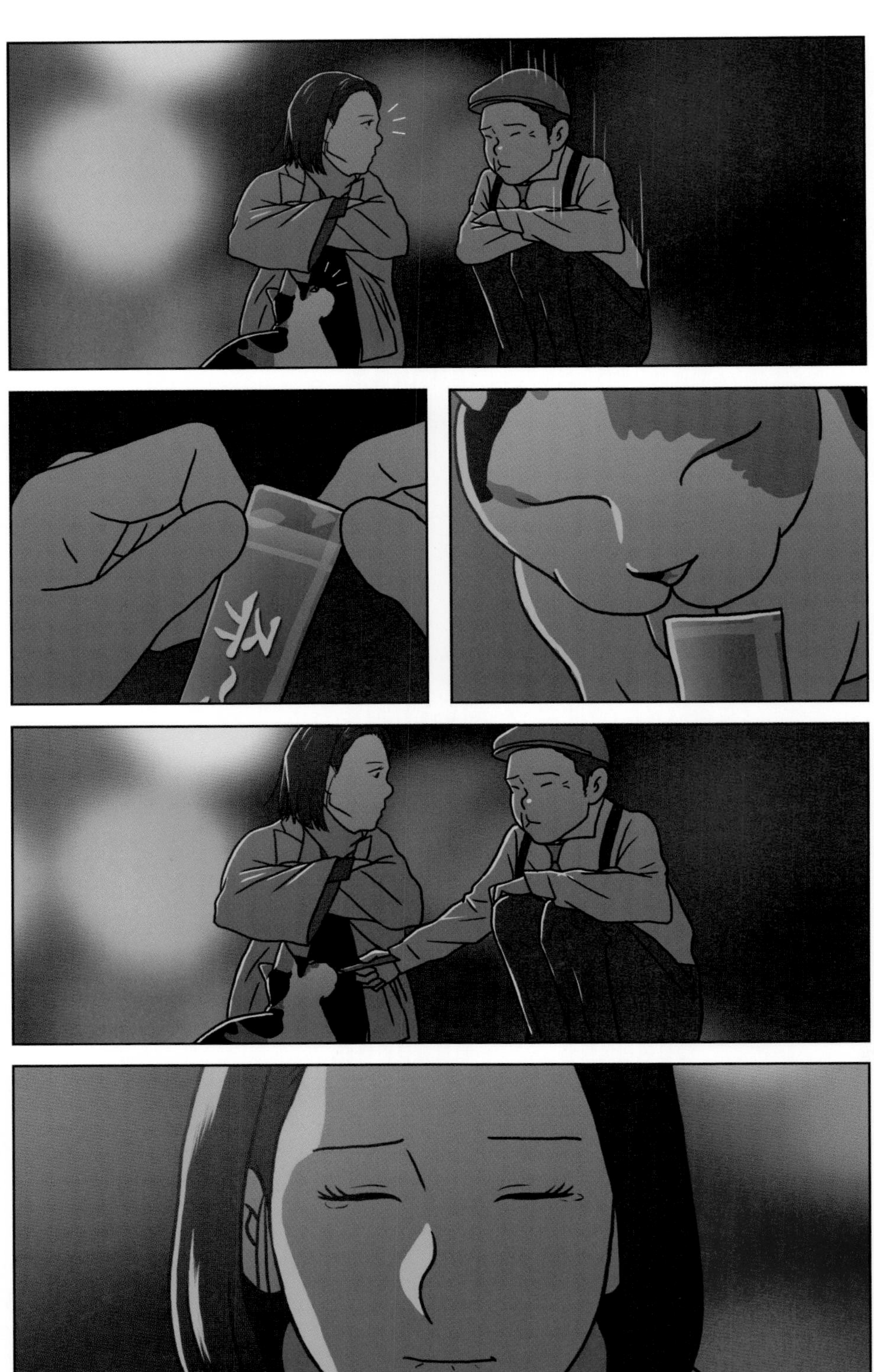

Can you hear me, Major Tom?

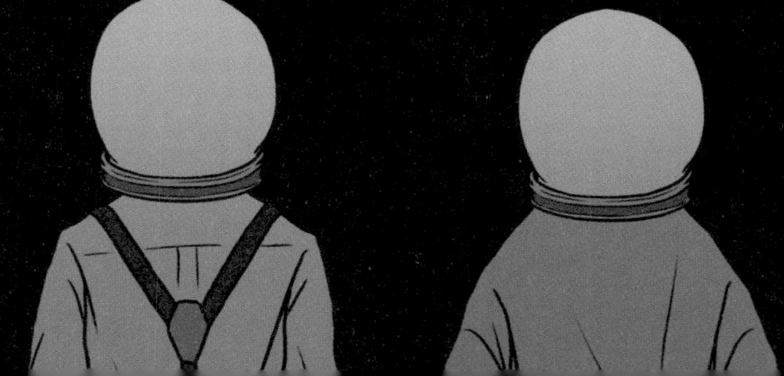

MASTER OF PUPPETS

Master of Puppets

Metallica

1986

찬바람이 싸늘하게

두 뺨을 스치면
wating@never.co.kr

따스하던
호O맨~

몹시도 그리웁구나.

끼-익

짬짜면은 있는데,
왜…

야팥호빵은
없는 걸까….

팥이 맛있어
보이는데…

야채가 낫나…

따르릉~
여보세요,
안녕하세요~
네, 지금
예약 가능하긴
한데요…

대신…

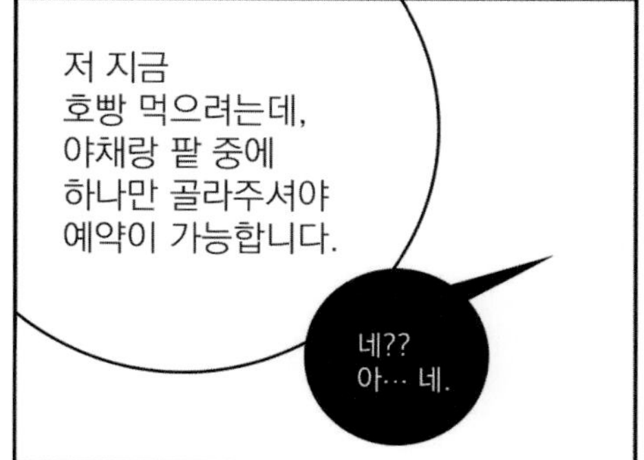
저 지금
호빵 먹으려는데,
야채랑 팥 중에
하나만 골라주셔야
예약이 가능합니다.
네??
아… 네.

으~ 춥다~
추워~
후다닥
TAXI
53서 0253

쩝
쩝

쩝
감사합니다~
쩝

쩝
기사님 덕분에 올해 첫 호빵을 먹네요.

고맙긴요~
택시비에 호빵 값 추가해서 계산할 건데.

아…
농담입니다. 농담~ㅋ

자 그럼, 출발할건데 듣고 싶은 음악 있으세요?

아… 그…

아니 아니.

음…
저…

그냥… 라디오
틀어주세요.

무언가 듣고 싶은 게
분명히 있는 얼굴로

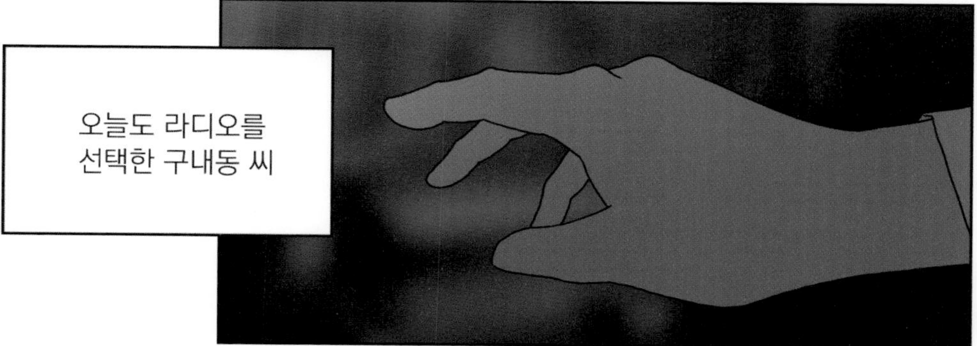
오늘도 라디오를
선택한 구내동 씨

치직-

앞뒤가 똑같은~

치직-

치직-

3부 첫 곡
듣겠습니다.

치직-

오늘은 메탈리카의
내한 공연이 있죠~

지금쯤
아마 오프닝 밴드
공연이 끝나고

본 공연이
슬슬 시작되겠네요.

방송만 아니었다면
현장에서 라이브로
듣고 싶은 그 곡

〈Master of Puppets〉

듣겠습니다.

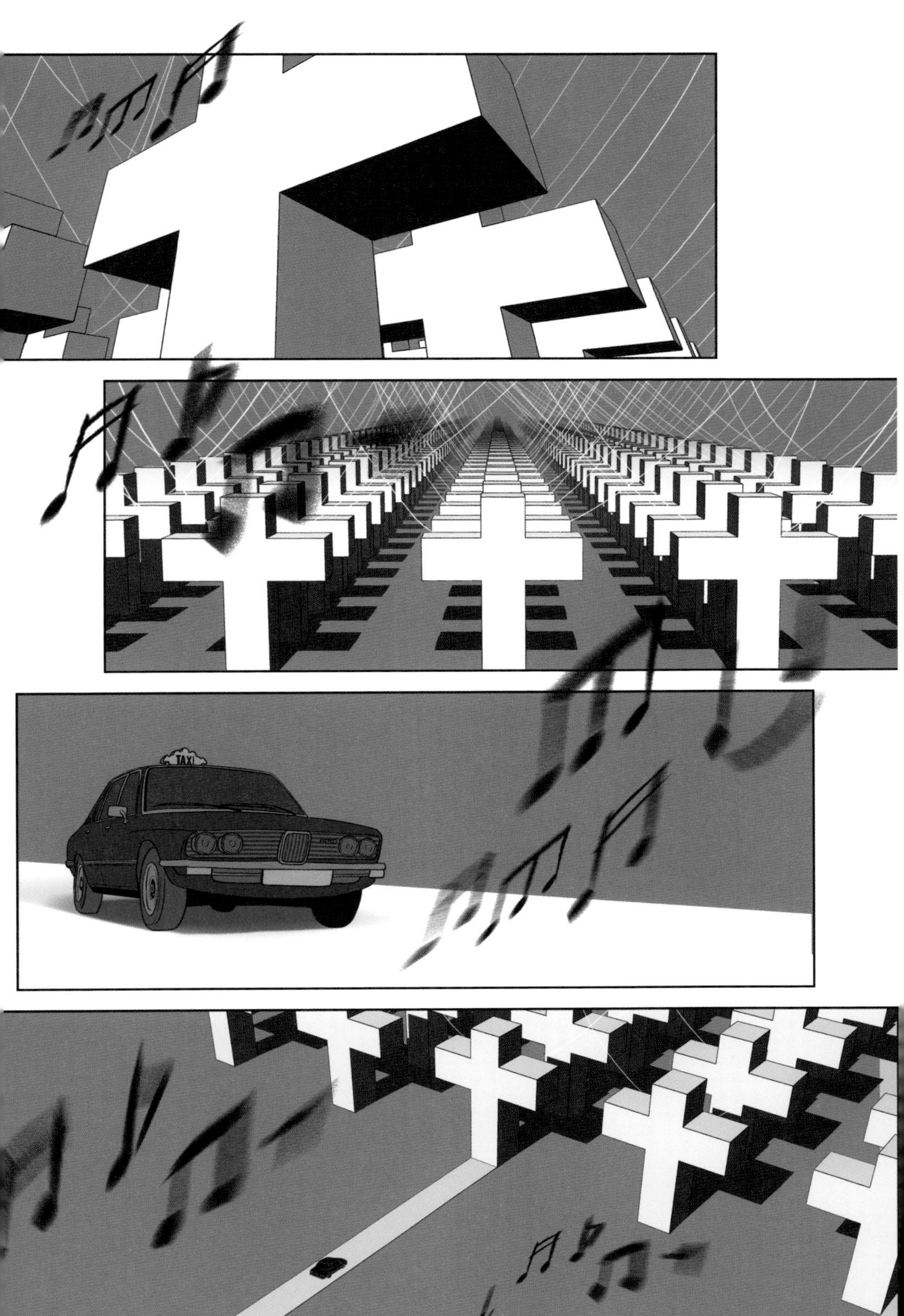
TAXI

움찔
움찔

저기… 어디
불편하세요?
다른 거
들을까요?

우오오
메탈
좋아하시나
보네요.

멈칫!

아…
네…

그동안 왜
라디오만
들으셨어요~
메탈 들으시면
되는데~
극적
극적
보통 이런 음악
잘 안 좋아
하잖아요….

네? 아… 뭐
좀 대중적이지
않긴 하지만…

사람들이 혹시
이상하게 생각할
까 봐요….

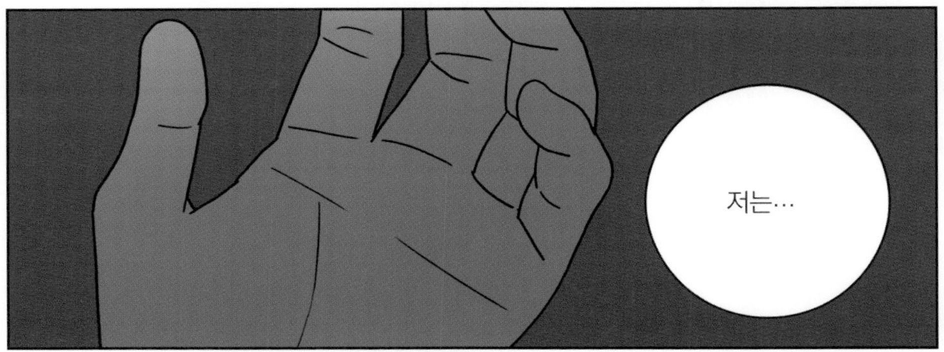
저는…

굉장히
평범한 사람
이거든요.

제가 고등학교
2학년 때,
짝꿍이 좀 특이한
친구였어요.
딩동댕동-
왁자지껄-
학교 오자마자
체육복으로 갈아입고
쉬는 시간에도
거의 매일 혼자
있었는데,
항상 무언가
듣고 있었어요.

SOMY
WALKMAN
철컥-
그러던 어느 날
짝꿍이 화장실 간
사이에, 너무 궁금해서
몰래 들어봤어요.
아… 미… 미안!!

이게 그러니까
틀어져 있어 가지고…
척!

이거부터
들어봐.

그렇게 저는
메탈에 입문했고,

제 인생에서
가장 뜨거웠던
나날들을 보내기
시작했어요.
아주 짧았지만… 요.

너 지금…
대체 뭘 듣고
있는 거야!!!
아이고 우리 아들,
마귀가 씌었네!!!

아빠는 불같이 화를 내셨고, 엄마는 세상이 끝난 것처럼 우셨어요;;;
처음엔 이게 뭐라고 그러시나 싶다가,
나중에는 혼란스러워져서 잘못했다고 싹싹 빌었어요.

그리고 다음 날, 짝꿍한테 빌린 거 다 돌려주려고 마음먹고 학교로 갔어요.

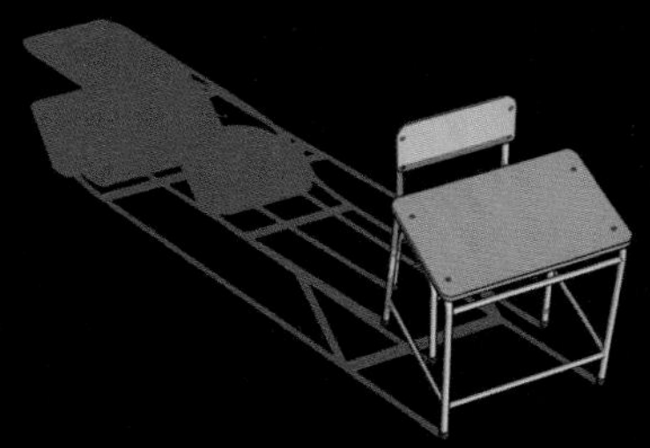

그런데,
짝꿍이 학교에 오지 않았어요.

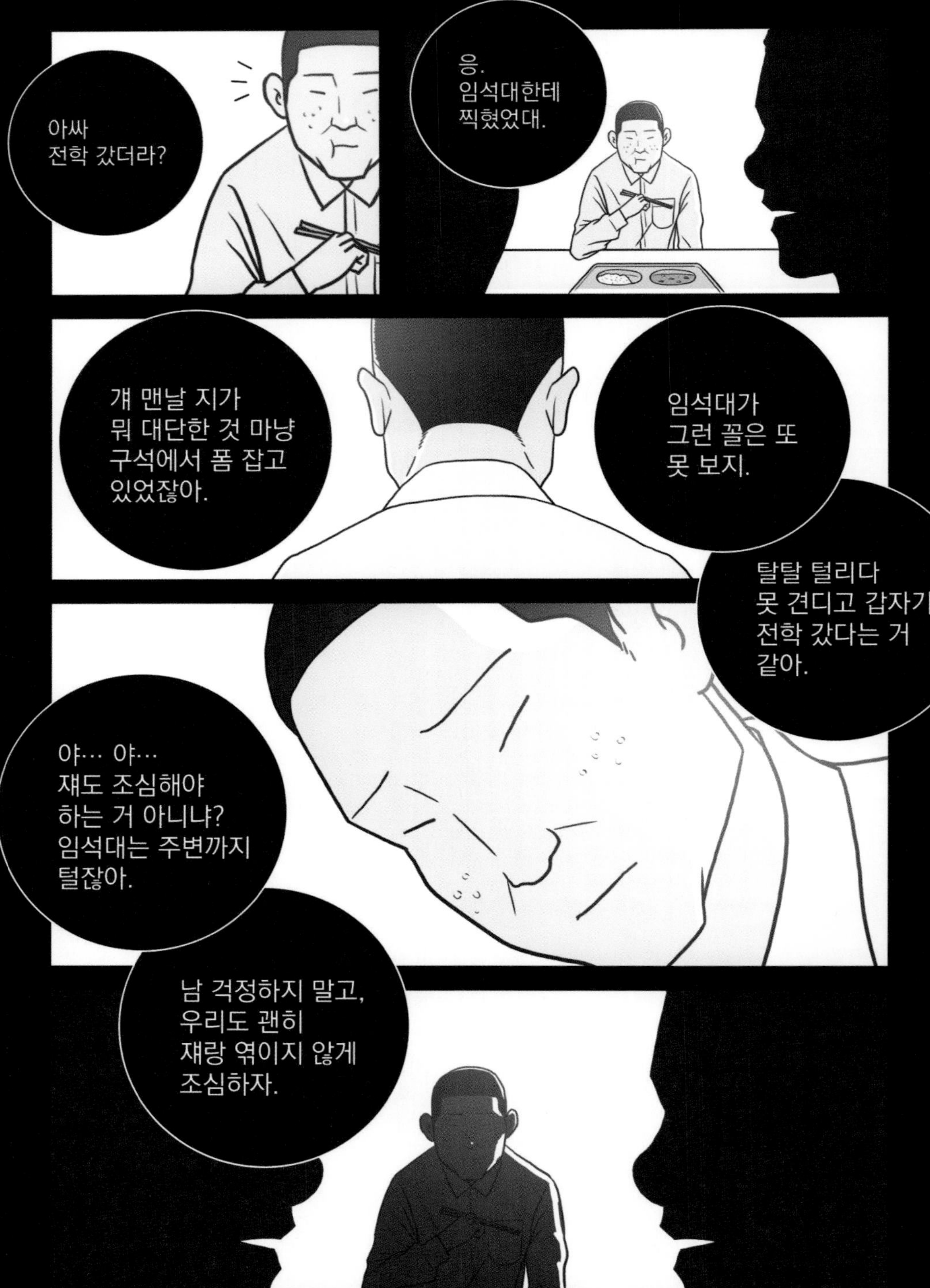
아싸
전학 갔더라?
응.
임석대한테
찍혔었대.
걔 맨날 지가
뭐 대단한 것 마냥
구석에서 폼 잡고
있었잖아.
임석대가
그런 꼴은 또
못 보지.
탈탈 털리다
못 견디고 갑자기
전학 갔다는 거
같아.
야… 야…
쟤도 조심해야
하는 거 아니냐?
임석대는 주변까지
털잖아.
남 걱정하지 말고,
우리도 괜히
쟤랑 엮이지 않게
조심하자.

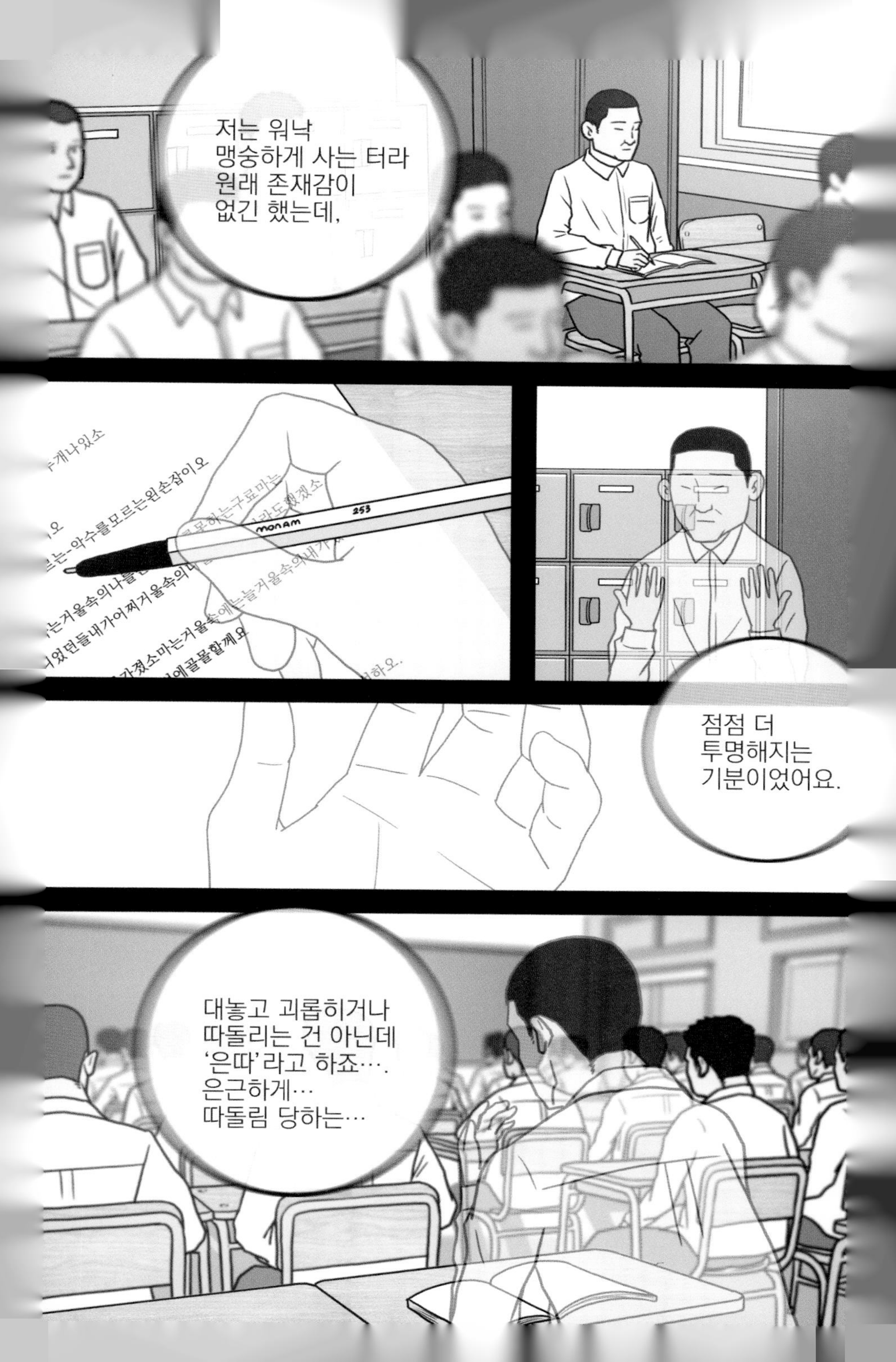

저는 워낙
맹숭하게 사는 터라
원래 존재감이
없긴 했는데,
점점 더
투명해지는
기분이었어요.
대놓고 괴롭히거나
따돌리는 건 아닌데
‘은따’라고 하죠….
은근하게…
따돌림 당하는…

80 80 80 80

아빠 말이
맞았어요.
TAXI

너무 잘하려고 하지 마라.

너무 못하지도 말아라.

튀어나온 못은
망치도 먼저 맞는다.

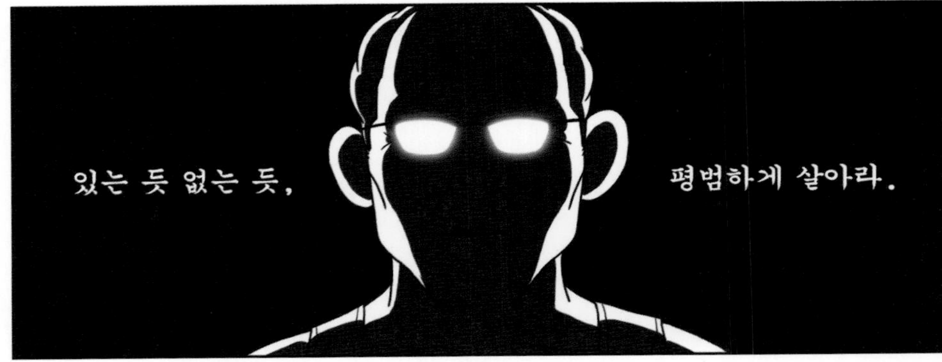
있는 듯 없는 듯,
평범하게 살아라.

인서울 대학에 입학하고,
군대를 다녀온 후에

일 년 정도 휴학하면서
아르바이트를 해서 돈을 모아
유럽 배낭여행을 다녀온다.

그리고 남들이 들으면 알 만한 회사에 들어간다.
라는 것이 아버지가, 사회가 늘 말하는 평범한 삶이었어요.

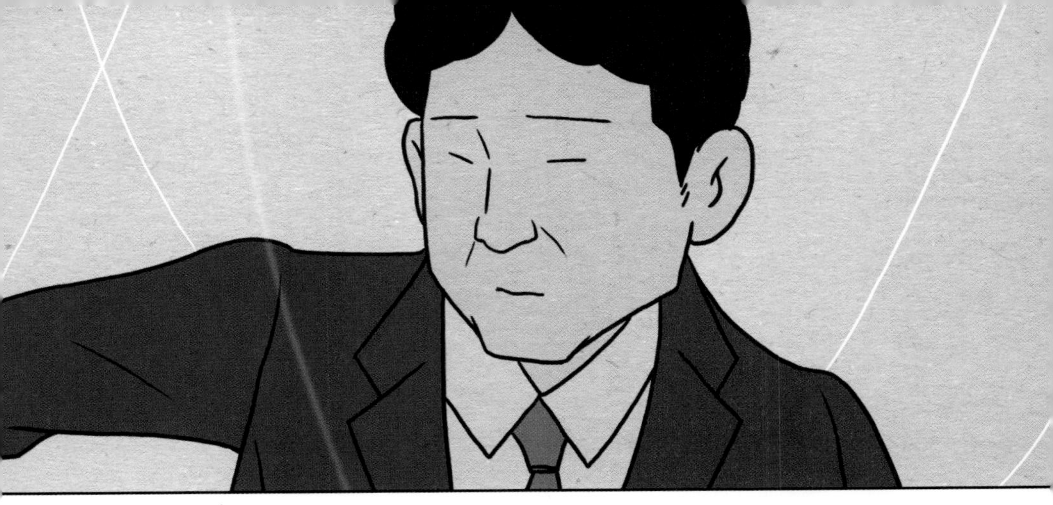

그런데, 평범하게 사는 게 왜 이리 어렵죠?

지구에
76억 740만명의
사람이 살고 있대요

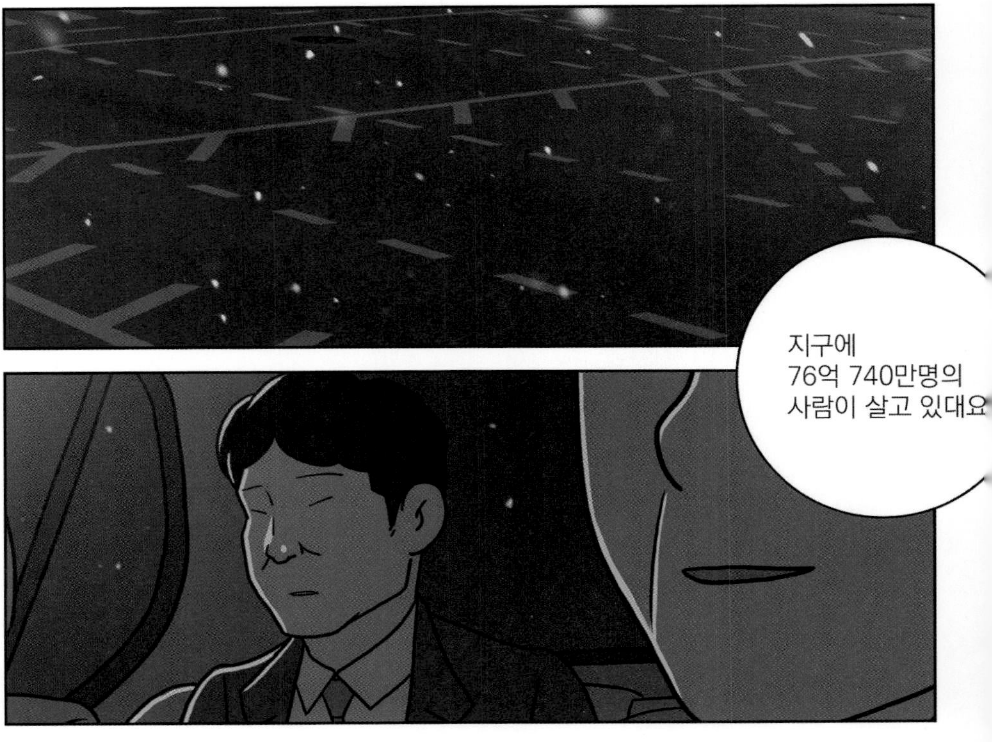

지구에 사는 이렇게나 많은 사람 수만큼

각기 다르고 또 다양한 각자의 인생이 있잖아요.

저는 그 사람들이 모두 다 평범하다고 생각해요.

모두가
너무나 다르지만

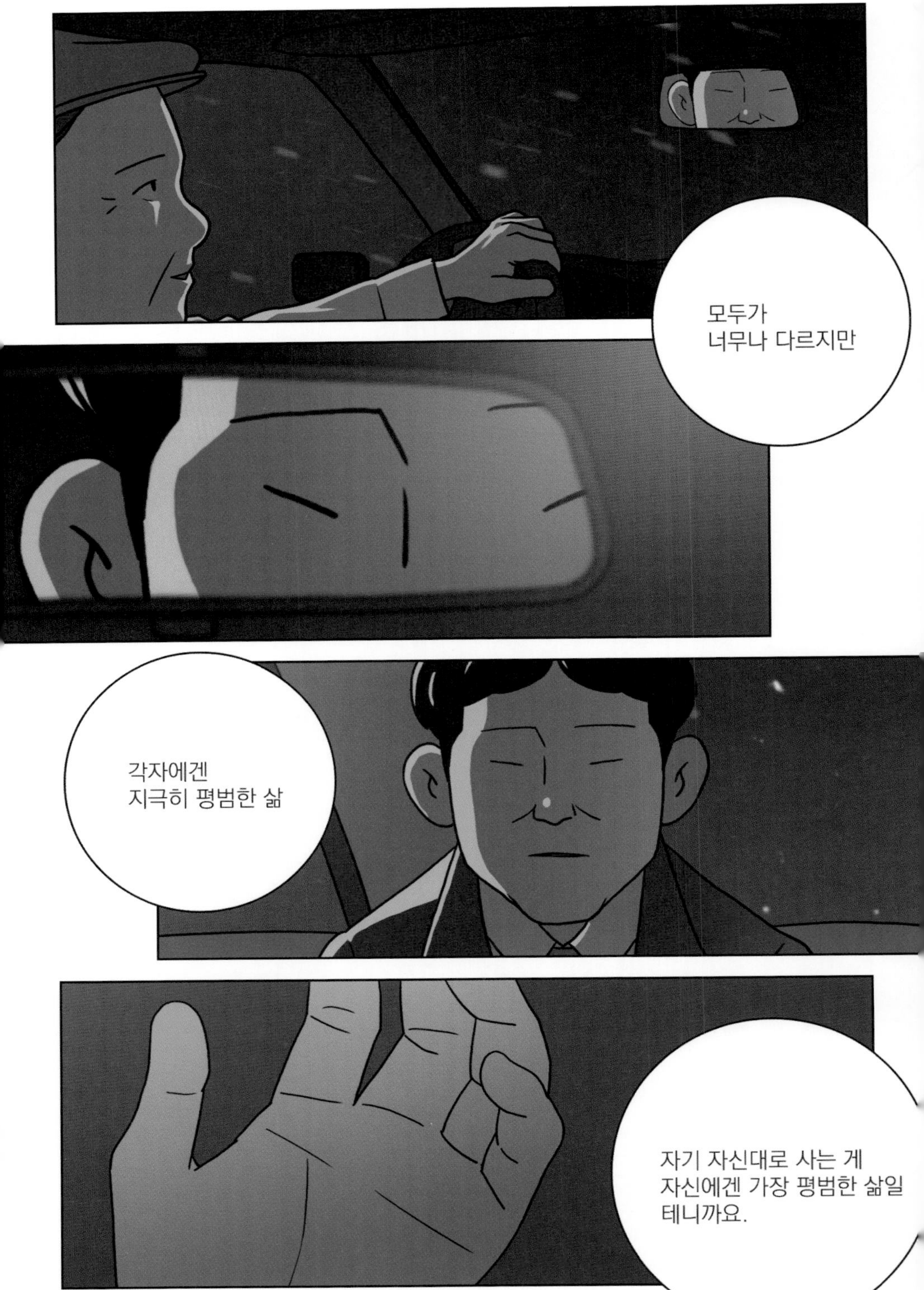

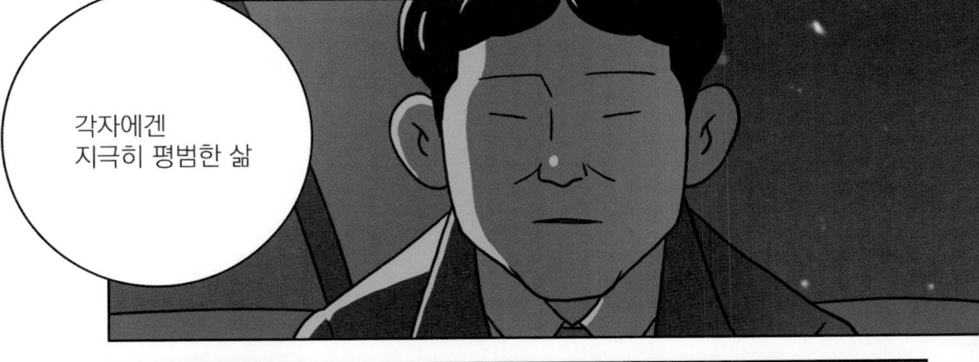

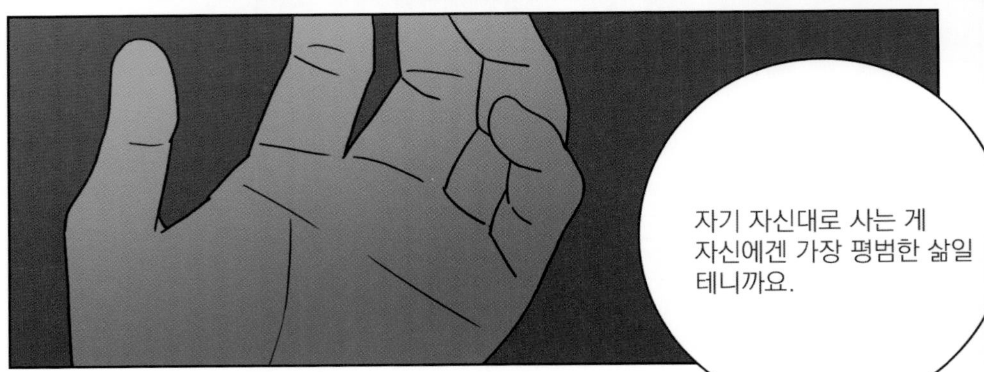

자기 자신대로 사는 게
자신에겐 가장 평범한 삶일
테니까요.

남들이 정해준
그런 평범함 말고

좀 더 평범하게
사셔도 돼요.

'**평범한 자기 자신**'으로요.

끝자리
4885 님의
사연입니다.

메탈리카 공연
아직 하고 있겠죠?
회사에서 야근 중인데
미친 척하고 지금
달려가고 싶네요!!

라고 하시면서
〈Enter sandman〉
신청하셨습니다.

2.5.3
끼이

이......익!

TAXI
53서 0253

METALLICA
매표소
TICKET OFFICE
출입구
ENTERNCE

METALLICA
매진
SOLD OUT

역시
살던 대로 살 걸
그랬나 봐요.
하하…

저 때문에
죄송하네요.
돌아가시죠…
잠깐만요!

덜컹

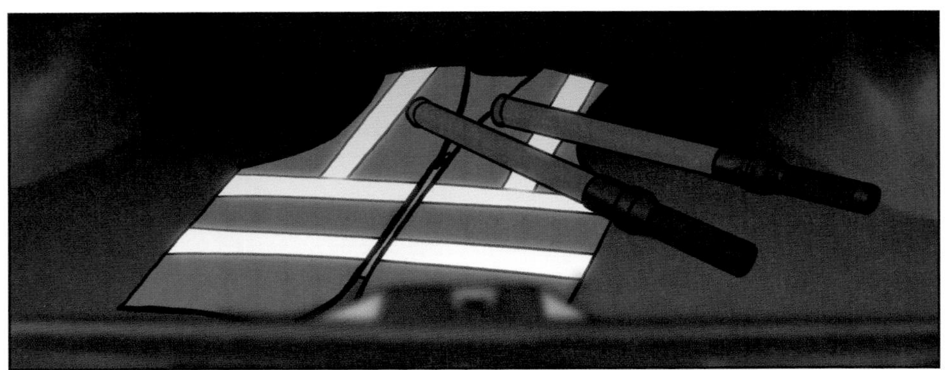

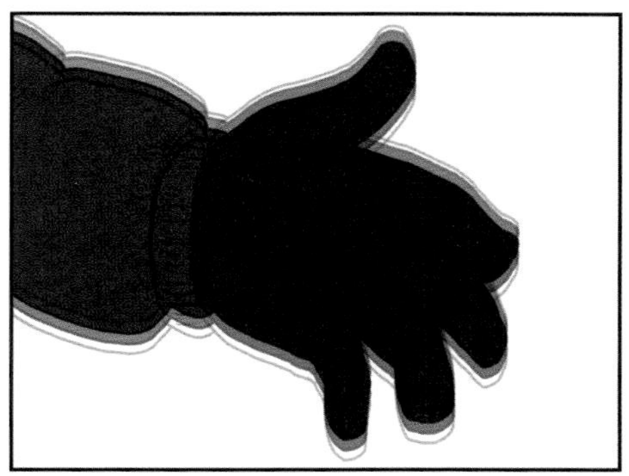

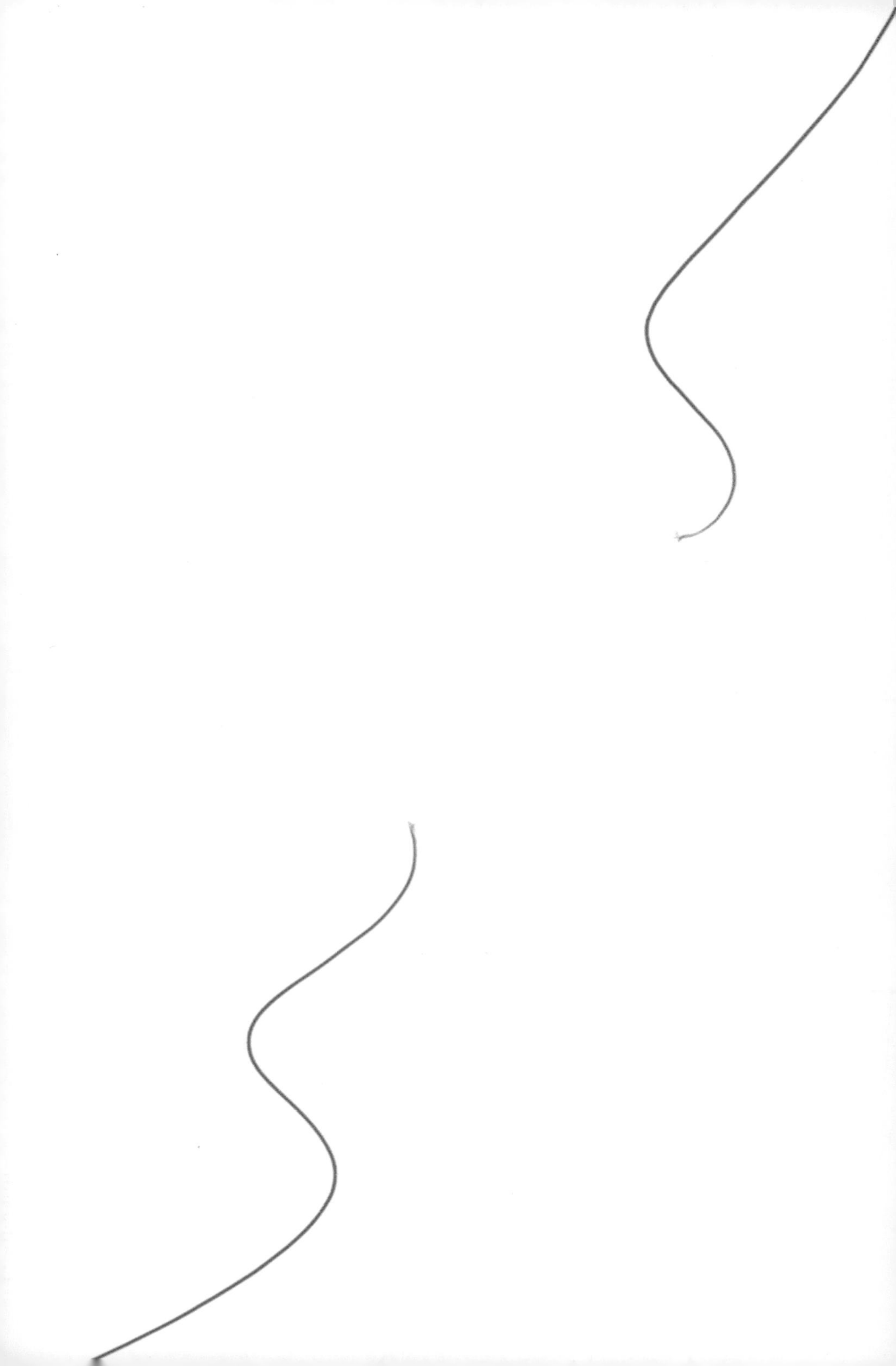

THINK ABOUT'CHU

Think About' Chu

아소토 유니온(Asoto Union)

2003

매년 벚꽃이 피는 시기가 되면
저는 출근이 너무 즐거워집니다.

'출근'
이라고 쓰고

'꽃놀이'
라고 읽기 때문이죠.

또 '꽃놀이'라고 쓰고
'땡땡이'라고 읽습니다.

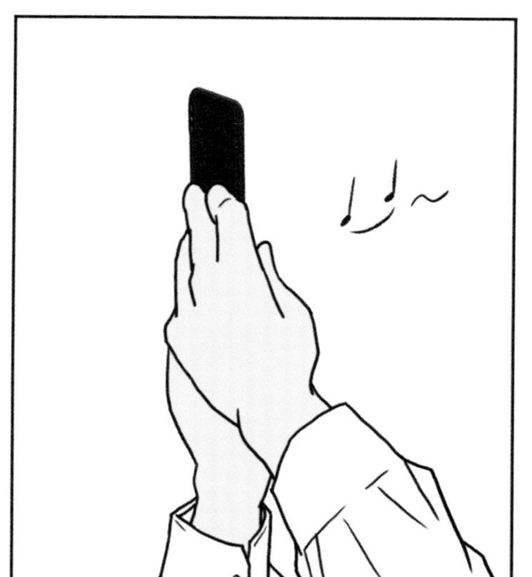

희민씨
휴대전화
따르릉~

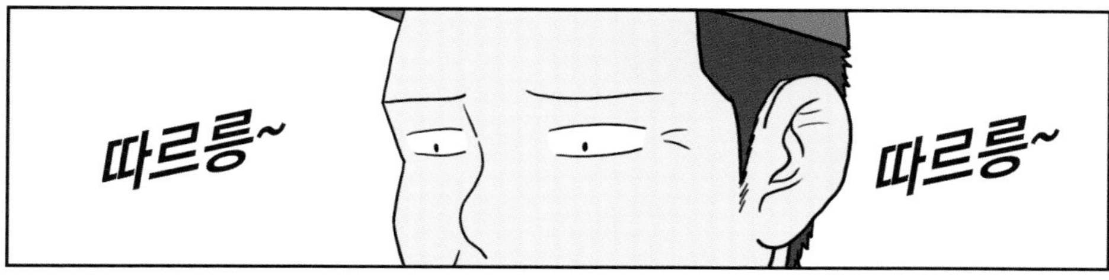
따르릉~
따르릉~

여보세요,
아 네,
알겠습니다~

부우웅~
TAXI
53서 0253

TAXI
53서 02

안녕하세요~
처음 뵙겠습니다.
털
네, 안녕하세요~

오늘은 어디서
농땡이 피우고
계셨어요?
털

농땡이라뇨;;
대기입니다,
대기.

아…
눼~ 눼~

그나저나,

매번
야근하고 타시더니,
웬일로 대낮에
타셨어요?

켕
모자도 안 쓰고,
복장도 평소랑
너무 다르신데~
다른 분인 줄…

짜릿
저도
처음 뵙는
분인 줄…ㅋ

아트디렉터는
업무 특성상
대체로 사무실에서
일을 하거든요.

보통
클라이언트 미팅은
AE인 유차장 님이
하시는데,
오늘은
제가 브리핑해야 할
일이 있어서
같이 가고 있어요.
안녕하세요,
유철상이라고
합니다.
반가워요~

꿀꺽
그래서…

떨려 죽을 거
같아요…

청심환 하나
드릴까요?

더 먹으면
안 될 것 같아요.
벌써 두 개나
먹어서… 하하
달달달

대신…

ASOTO ★ UNION
★ sound renovates a structure ★
Think A
Asoto Union
0:02
-4:39
이걸 들으면서
좀 릴랙스를…

언제부턴가 많은 말이 왜

우리에게 필요 없어진

수많은 밤을 함께 보낸 우리들

에게 다가오는 아름다운 날들

우린 서로 마냥 끌렸지

우린 마치 자석 같았어

캬!!!

제 최애곡
이예요!!

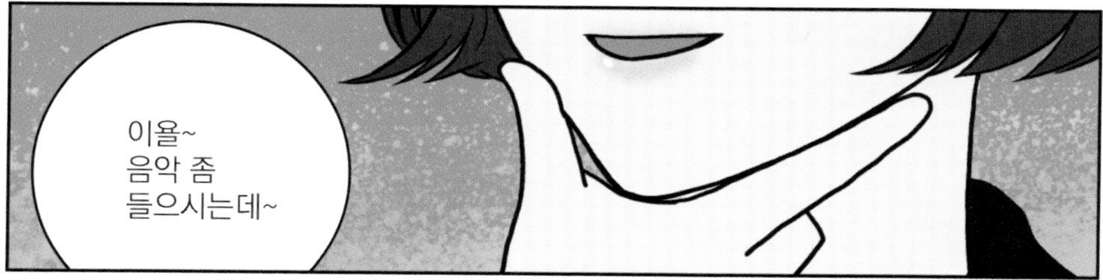
이욜~
음악 좀
들으시는데~

저는 대학교 때
진짜 맨날 맨날
들었거든요.

제 사이월드
미니홈피 BGM이
이 곡이었어요.

내 미니홈피 BGM도
이 곡이었는데!!!
대박!!

짝!

유 철 상
YOO
저는
이 음악 들으면
군대 생각이
제일 많이 나요.

휴가 복귀하는 날
마지막 일정은
항상 PC방이었어요.
시외버스 터미널에
복귀 시간보다
조금 여유롭게 도착해서
복귀 차량을 타기 전까지
PC방에서 마지막 시간을
보냈어요.
특별히
뭐 하는 것도 없이
복잡한 마음에
내 미니홈피만
계속 들락날락했어요.

이 음악 하면
역시 캔 커피 광고
아닌가요?

나만의 자유

이 음악 들으면
저는 커피가 몹시
땡기던데. ㅋㅋ

재밌네요.

Think about' chu-

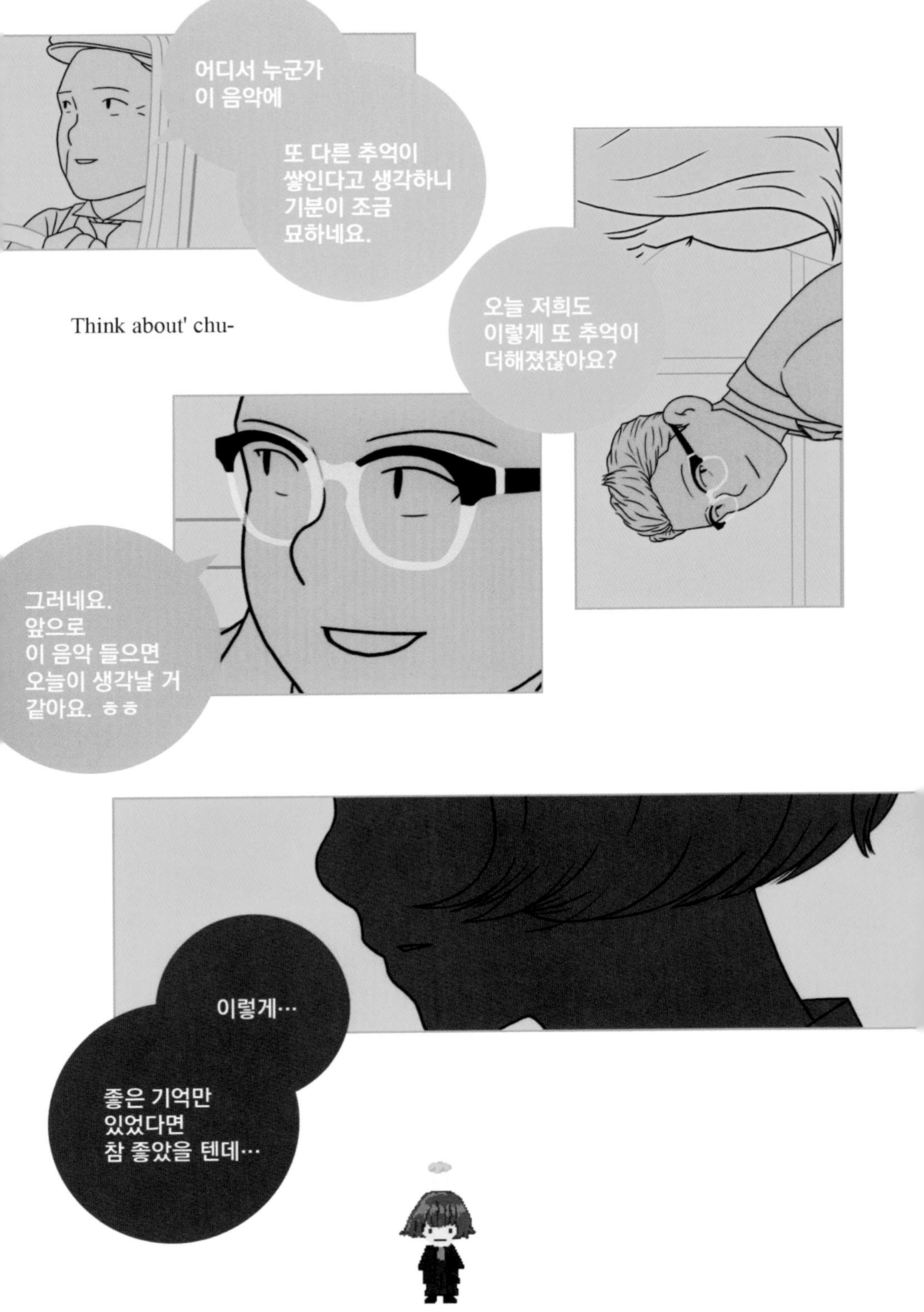

어디서 누군가
이 음악에

또 다른 추억이
쌓인다고 생각하니
기분이 조금
묘하네요.

Think about' chu-

오늘 저희도
이렇게 또 추억이
더해졌잖아요?

그러네요.
앞으로
이 음악 들으면
오늘이 생각날 거
같아요. ㅎㅎ

이렇게…

좋은 기억만
있었다면
참 좋았을 텐데…

그러고 보니

TAXI
멜로디가
한없이 아름다운
듯하면서
어딘가 아련하게
느껴지는 것 같기도
하네요.

잔인한
고3 시절에도
꽃은 아름답게
피었었죠.

입시
미술

…

하아…
곱슬머리 무엇…
이거 어떻게 그려…

하아…
희민아,
이건 좀…

지훈아,
희민이 그림
좀 살려줘라.

지훈이 오빠는
그림은 학원에서
제일 잘 그렸는데,

넵~

수능 때
OMR 카드를
밀려 쓰는 바람에
재수를 준비하는
학원 선배였어요.

희민이 잘 그리잖아요~
그러니까(?)
니가 좀...
그림을 워낙
잘 그리니까
거의 강사처럼
그림을 자주
봐줬어요.

얼굴도
잘 생겼고요…

희민아
내가 볼 때 너는
그림을 너무 잘 그려서
문제인 것 같아. ㅋ
머리카락
하나하나는
잘 그렸는데,
소묘는 형태,
명암, 공간감 같은
기본기를 충실히
보여주는 거라고
생각하면 되거든.
거리나 중요도에 따라
묘사할 부분이랑
생략할 부분을
구분해주면
훨씬 좋아질 거야.
정말 다정한
사람이었어요.
얼굴도 다정하고...

그때 다짐했던 것
같아요.
꼭 오빠랑
같은 대학을
가야겠다고.
그래서 공부도
진짜 열심히 하고
우오오오
그림도 열심히
그렸어요.

시간이 흘러
꽃이 다시 필 때쯤
저는 소원대로
오빠랑 같은 캠퍼스에
있었어요.
오늘 날씨
있잖아…
수업 째기
딱 좋은 날씨죠?
음… 역시 넌
뭘 좀 아는구나.
그렇게 우리는
자연스레 붙어 다니는
사이가 되었습니다.
오빠 꽃놀이
다녀왔어요?
너랑 가려고
안 갔지~
ㅋㅋㅋㅋ
ㅋㅋㅋㅋ
헐 심쿵. 지금
고백하는 거?
뭐?
그냥 수업
들어가자고?

신입생은
도대체 언제까지
환영하는 걸까…

그래도
공짜 술이잖아요.

구석에서 조용히
술이나 마셔요.

술 게임 극혐

짠!

짠!

껄껄껄껄

참, 너 사이월드
BGM 바꿨더라?
좋던데~

술 마시면서
들으면 더 좋은데,
같이 들을래요?

그 정도면 완전
사귀는 거네~

말만 안 했지
정말 사귀는 사이
아닌가요?
그렇죠?

점점 저 혼자
좋아하는 게
아니라는 확신이
들었어요.

그렇지만
저는 확실히 하고
싶었어요.
오빠도 좋아했던
아소토 유니온 CD를
선물해 주면서
고백하기로
마음먹었어요.
따르릉~
네~ 오빠,
안그래도
줄 거 있는데.
ㅎㅎ
네,
커피숍에서
봐요!!
COFFEE
두근두근
두근두근

두근두근

언제 주지…

저기, 희민아…

이… 이거…

동해물과 백두산이
마르고 닳도록
하느님이 보우하사
우리나라 만세
그 뒤로 둘이
무슨 대화를
나누긴 했는데,
저는 흘러나오려는
눈물을 참으려
속으로 애국가만
계속 불러댔습니다.

털 썩!

나쁜 놈

털 썩!
그래…
아소토 유니온은
잘못이 없지…
홈
프로필
넬(NELL) - Stay
Stay
내 눈물이 마를 때까지
그래서
당장 사이월드
BGM부터
바꿔버렸죠.
그랬으면
적어도 한동안은
이 노래 듣기
싫었겠다…
미운오리 (gusw****)
Stay
내가 나를 모를 때까지

다음 날 저는
부탁대로 지연이에게
CD를 건네주었고
둘은 CC가
되었습니다.
알콩
달콩
저는 둘의
행복을…
빌어주기는 개뿔,
저주를 퍼부었습니다.
저의 저주
때문이었는지
그 둘은 그리
오래가지 못했어요.

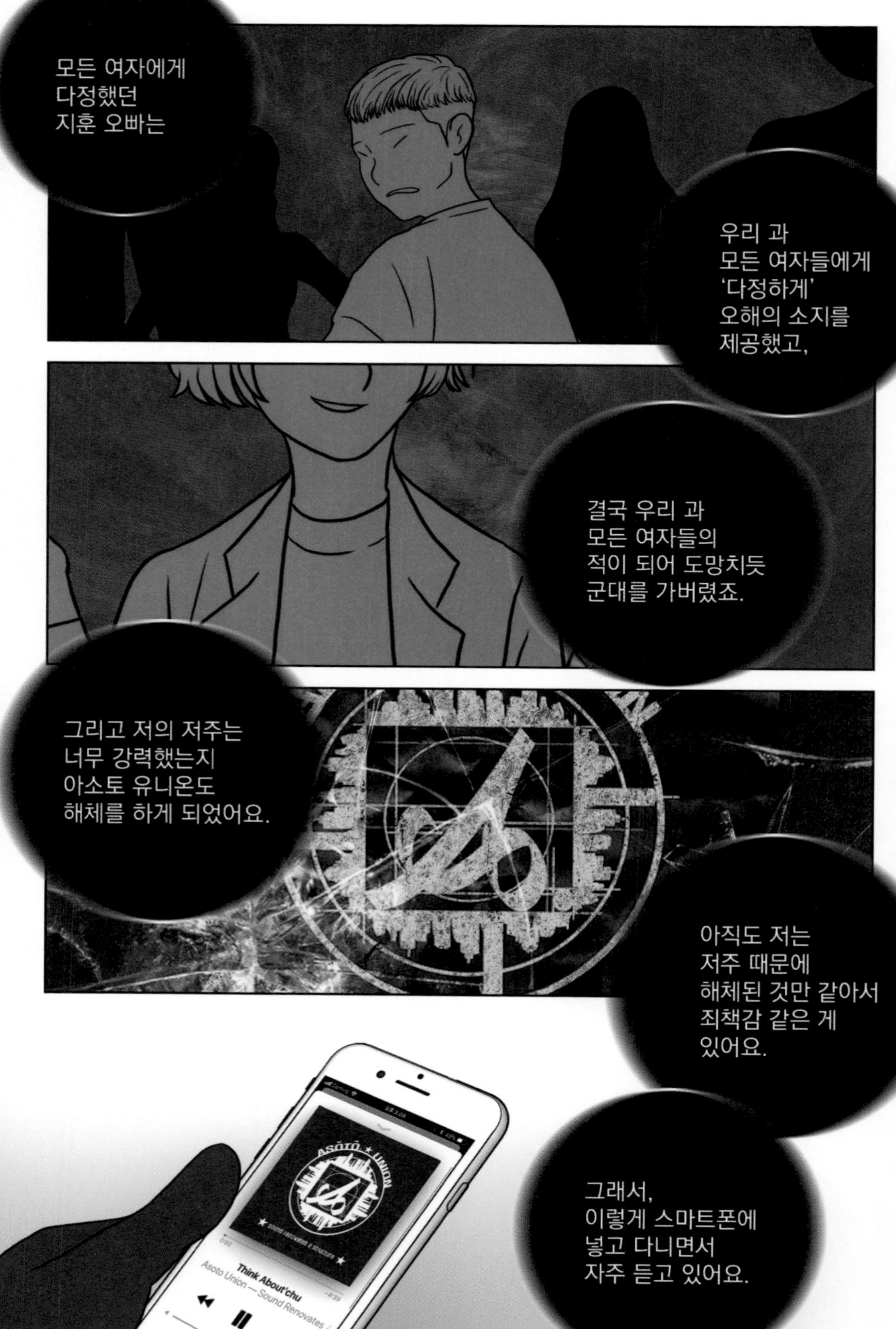
모든 여자에게
다정했던
지훈 오빠는
우리 과
모든 여자들에게
'다정하게'
오해의 소지를
제공했고,
결국 우리 과
모든 여자들의
적이 되어 도망치듯
군대를 가버렸죠.
그리고 저의 저주는
너무 강력했는지
아소토 유니온도
해체를 하게 되었어요.
아직도 저는
저주 때문에
해체된 것만 같아서
죄책감 같은 게
있어요.
그래서,
이렇게 스마트폰에
넣고 다니면서
자주 듣고 있어요.
Think About'chu
Asoto Union — Sound Renovates

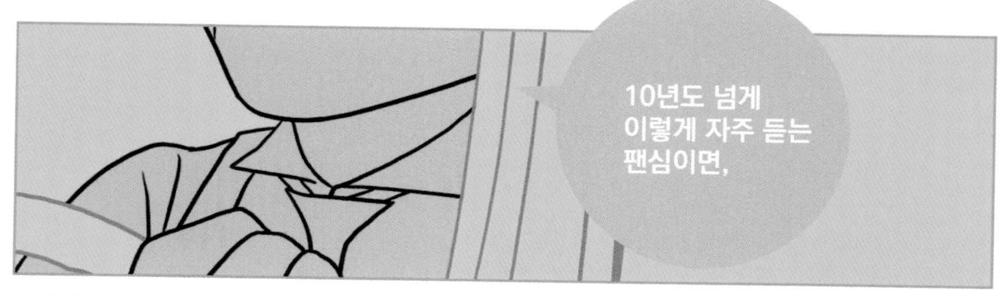

물론 저주 때문에
팀이 해체된 것도
아닌 것 같고요. ㅎㅎ

…

그래주겠죠?

휴
오늘부터는 좀
맘 편히 들을 수
있을 것 같네요.
그래요…
저는 앞으로
이 음악 들으면
좀…
설렐 것
같은데.

…
저…
도착했는데
어떻게… 미팅 끝나고
회사로 돌아가실 거면,
좀 기다릴까요?
네… 좀
기다려 주세요.
하하;;

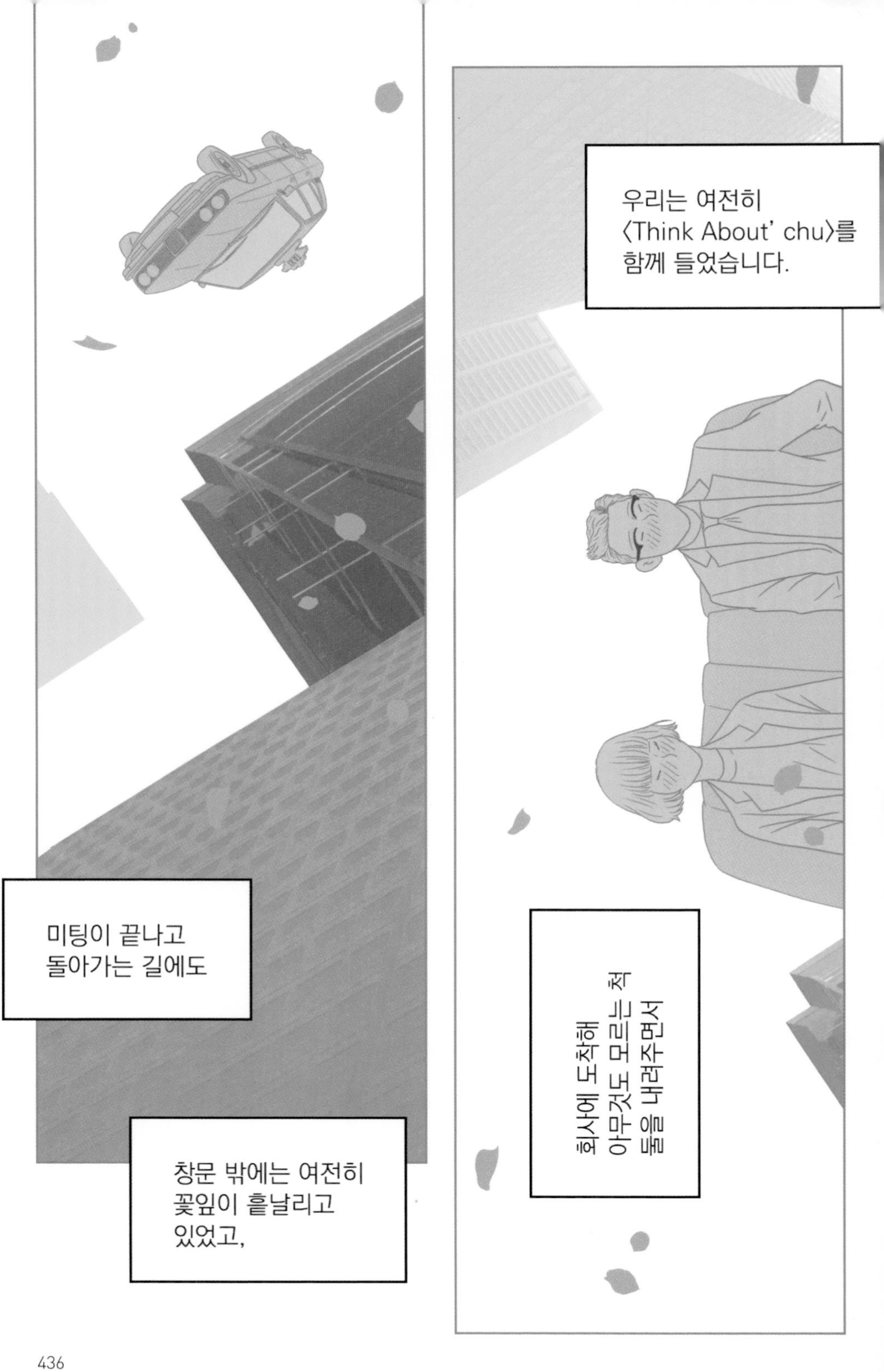

미팅이 끝나고
돌아가는 길에도

창문 밖에는 여전히
꽃잎이 흩날리고
있었고,

우리는 여전히
〈Think About' chu〉를
함께 들었습니다.

회사에 도착해
아무것도 모르는 척
몰을 내려주면서

곧 둘을 다시
함께 태울 것 같다는
예감이 들었어요.

그럼 이 곡만
마저 듣고,

오늘은 이만 조기퇴근. 야호.

EPILOGUE

여러분은 "음악"을 어떻게 들으시나요?

저는 슬로우 어답터에 가까운 사람으로 무언가에 쉽게 질리지 않는 편입니다. '새로운 것' 보다는 '익숙한 것'으로 무언가를 하는 사람이죠. (이렇게 적어놓고 보니 <개인적인택시> 에 나오는 많은사람들이 떠오르는데.. 기분 탓이겠지요.)

저는 고등학교 시절 CDP로 음악을 듣던 세대입니다. 대학생이 될 무렵부터 대다수의 많은 사람은 MP3 플레이어로 음악을 들었지만, 저는 고냥 하던 대로 CDP로 음악을 들었습니다. 그래서 저는 MP3 플레이어를 사본적이 없습니다.

"MP3는 음악이 아니다!", "뮤지션을 위해서는 음반을 계속 사야한다!" 같은 거창한 이유가 있었던 것이 아니라, 그저 제게 익숙한 방식을 바꾸지 않았을 뿐입니다. 당시 컴퓨터를 통해 MP3도 많이 들었고, 지금도 유튜브를 통해 많은 음악을 듣지만, 좋아하는 음악이나 뮤지션이 생기면 CD로 구입을 해야 합니다. 그것이 제가 음악을 즐기는 방식이기 때문입니다.

CHAPTER 1. 플레이리스트

아이튠즈에 '3'이라고 저장된 플레이리스트로 선곡의 컨셉은 '내가 동네카페 사장님 이라면' 입니다. 잘 풀리지 않아 좀처럼 진도가 나가지 않던 스토리도 카페에서 작업하면 술술 풀릴때가 있습니다. 작업이 잘되는 동네카페를 상상하면서 그 카페에 어울리는 차분한 곡들을 모아 만든 플레이리스트 입니다.

Yann Tiersen – Guilty 〈Le Fabuleux Destin d'Amélie Poulain (아멜리에 OST)〉

Chilly Gonzales – Othello 〈Solo Piano II〉

윤석철 트리오 – 독백이라 착각하기 쉽다 〈4월의 D플랫〉

Mndsgn – Camelblues 〈Yawn Zen〉

Nujabes – Spiritual state [Feat. Uyama Hiroto] 〈SPIRITUAL STATE〉

DJ Soulscape – Where are you 〈Lovers〉

Benny Goodman – Bewitched 〈The Real Benny Goodman〉

이태훈 – 속초 〈아무런 이별〉

大橋トリオ – First impression 〈L〉

Khruangbin – White Gloves 〈The Universe Smiles Upon You〉

까데호 – 심야열차 〈Freesummer〉

대사를 쓰고 콘티작업을 하며 한참 머리를 쓰고 난 후에, 머리를 비우고 그림 그리기에 집중 할 때면 어떤 스트레스가 해소 되곤 합니다. 하지만 그것도 잠시, 장시간 앉아서 그림을 그리다 보면 육체적인 피로가 쌓이게 됩니다. (아주많이) 그럴때 들으면 힘이나는 앨범들을 골라보았습니다.

Chicano Batman – Freedom Is Free
The Lemon Twigs – Do Hollywood
MGMT – Little Dark Age [Explicit]
PE'Z – 九月の空-KUGATSU NO SOLA-
김간지X하헌진 – 김간지X하헌진
Tame Impala – Lonerism
Toe – For Long Tomorrow
Unknown Mortal Orchestra – Multi-Love
Toro Y Moi – What For?
Thundercat – It Is What It Is
BADBADNOTGOOD – IV

CHAPTER 2. 핀란드

〈개인적인 택시〉는 반은 한국에서
반은 핀란드에서 작업하였습니다.

결혼을 하고 미래에 대해 자주 고민하던 저와 아내는 어느 날, 큰 결심을 하였습니다. 디자인 스튜디오를 운영하던 아내는 학업을 위해 유학을, 회사원이던 저는 만화를 그리기 위해 퇴사를 결심한 것입니다. 아내가 공부하고 싶었던 전공이 있는 학교가 핀란드에 있었기 때문에 저와 아내는 핀란드 헬싱키에서 조금(?) 나이가 많은 유학생 가족이 되었습니다. 여름과 겨울, 이곳은 반대의 이유로 작업하기 좋은 환경이었습니다.

여름

해가
길어졌네.
이제 밤인가

응, 아냐
해뜨는거임

AM 03:00

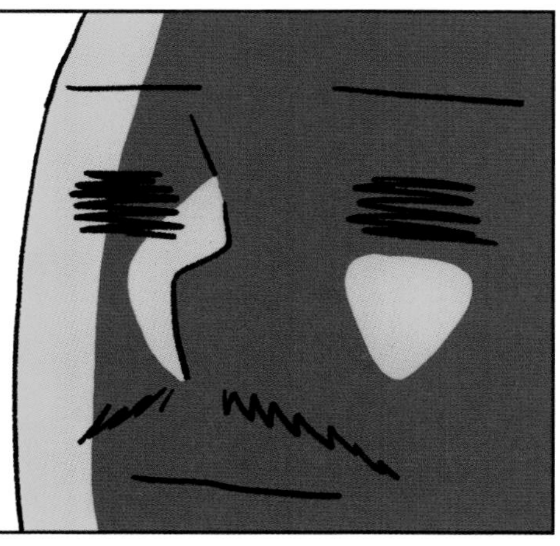

여름엔 '백야' 현상 때문에 밝은 날이 계속됩니다.
태양이 계속 지지않는 것은 아닌데, 오후 9-10시
즈음부터 시작된 석양이 오랫동안 지속되는듯하다
점점 밝아져 새벽 3시쯤 해가 떠오릅니다.
저는 전형적인 올빼미스타일로 주로 밤에 작업을 많이
하는데 이곳에서는 밝은 밤(?)에 작업을 하다보니
마치 낮에 일하는 느낌이 들곤 했습니다.

겨울

해가
짧아졌네.
벌써 밤인가

응, 아냐
아직 낮이야.
PM 03:00

겨울엔 해가 거의 없습니다. 날씨 좋은 날엔 오전 9-10시 쯤 해가 뜨고, 오후 3시쯤 해가 집니다. 문제는 흐린날이 대부분이어서 잠시 밝아졌다가 다시 밤이 되는 기분입니다. 앞서 말한것처럼 저는 원래 밤에 작업을 하는 사람으로 작업에 몰두하기 좋은 환경입니다.

털썩!

하지만 현실은 여름엔 밤에도 밝고 날씨가 좋아 나가놀고싶고, 겨울엔 어둡고 날씨도 흐려서 작업하기 힘들었습니다.

CHAPTER 3. 핀란드에서 어느날 구입한 음반

253___
Pääkaupunkiseudun Kierrätyskeskus

...

shihosung님 외 **89명**이 좋아합니다

253___ 비바람이 치던 날, 왜인지 꼭 가고 싶었던 집 근처 중고 용품 판매점에는 CD가 그날까지 10장에 5€로 세일 중이었다. 영업종료까지 남은 시간은 20여 분, 서둘러 고른 음반들을 보니 대부분 대학교 때 MP3로 만 가지고 있던 음반들이었다. 내 추억만큼 낡고 기스난 CD 케이스를 열어보니, 다행히도 속 안의 CD들은 깨끗한 채였다. #253_MUSIC

2월 18일

Air – Moon Safari
Björk – Debut
Coldplay – Parachutes
Foo Fighters – One By One
Fun. – Some Nights
Keane – Hopes and Fears
Muse – Absolution
N.E.R.D – In Search Of...

CHAPTER 4. Special thanks to

습작처럼 시작된 저의 이야기가 이렇게 한 권의
책으로 만들어진다니 벅차오르는 마음과 함께
고마운 분들의 얼굴이 하나, 둘 떠오릅니다.

아무것도 모르면서 무작정 만화를 그리겠다는 나에게 아무런 대가 없이 작업실 한 켠을 내어준 친구 세형이.

만화 그리겠다고 회사를 뛰쳐나가는 무책임한 팀원에게 되려 일거리를 주어 태블릿을 마련하게 해준 광현이형 팀장님.

에피소드로 쓰라며 자신들의 소중한 추억을 공유해 준 고마운 친구들.

무모한 도전에 걱정대신 응원해준 사랑하는 가족들.

부족한 저의 작품에 추천사를 작성해준 하헌진님과 정멜멜님 복받으실 거예요♥

때론 날카로운 지적을, 때론 무조건적인 팬심으로 항상 함께 해준 사랑하는 아내.

그리고...
일년이 넘는 긴 시간 동안 하나하나 늘어가는 조회수와 댓글은 저의 큰 기쁨이자 연재를 이어갈 수 있었던 가장 큰 힘이었습니다.
마지막으로 아무것도 아닌 저에게 손을 내밀어준 김민희 과장님과 인내심 있게 기다려 주시며 이끌어주신 나예은 편집자님, 밝은세상 출판사 덕분에 이 책이 만들어질수 있었습니다.

살아가면서 감사한 일들이 계속 쌓여갑니다.
그 감사함을 모두다 갚을 순 없겠지만,
살아가는 동안 종종 함께 만나 고마운 마음 전하겠습니다.

개인적인 택시

초판 1쇄 인쇄일 2021년 1월 13일 | **초판1쇄 발행일** 2021년 1월 20일

글 그림 이모세 | **펴낸이** 김석원 | **펴낸곳** 도서출판 밝은세상

출판등록 1990. 10. 5 (제 10 – 427호) | **주 소** (10881) 경기도 파주시 문발로 119, 202호

전 화 031-955-8101 | **팩 스** 031-955-8110 | **메일** wsesang@hanmail.net

블로그 blog.naver.com/balgunsesang8101 | **인스타그램** www.instagram.com/wsesang

ISBN 978-89-8437-420-1 03810 | **값** 18,000원 | 잘못된 책은 구입한 곳에서 교환해드립니다.